스페이스 월드

스페이스 월드

오선영 소설

교유서가

차례

어니언마켓 007

카페인 랩소디 039

발령의 조건 067

안펑 081

스페이스 월드 115

아직 오지 않은 말 145

유치보관함 177

임시보호자 205

작가의 말 235

어니언마켓

재희의 스마트폰에 그 애플리케이션이 설치된 건 뜻밖의 일이었다.

* * * * *

카페는 오전부터 모임을 하는 엄마들로 가득했다. 커피와 간단한 디저트를 팔던 카페는 어느 날부터 브런치 카페로 상호를 바꾸었다. 근처에 '초품아'로 불리는 대단지 아파트가 들어서면서 아이를 등교시키고 모임을 갖는 학부모들이 늘어나서였다. 지역 맘 커뮤니티에서 입소문이 난 카페는 예약하지 않으면 자리를 잡기 어려울 정도로 인기가 많아졌다.
"이번에 탑반 레테는 로아만 합격했다면서요?"

혜지 엄마가 은색 나이프로 희고 퉁퉁한 수제 소시지를 잘게 썰며 말했다.

"안 시킨다, 안 시킨다 하면서 개인 과외라도 하는 거 아니에요? 탑반 레테를 한 번에 통과하는 게 얼마나 어려운 일인데. 7세고시 때문에 얼마나 난리인지 다들 알고 있잖아요. 소문 안 낼 테니까 노하우 좀 풀어봐요."

옆자리에 앉은 동석 엄마가 맞장구를 치며 자연스럽게 대화의 방향을 틀었다.

오늘 브런치 회동의 주요 목적이 무엇인지 재희는 혜지 엄마의 전화를 받았을 때부터 짐작했다. 사교육을 받지 않는 로아가 까다롭기로 소문난 대형 어학원 영어 레벨테스트를 단번에 통과해서였다. 이동식 마이크와 스피커가 많은 학원가에서 아이는 화제의 인물이 되었고, 로아에 대한 관심은 엄마인 재희에게로 이동했다. 그녀를 직간접적으로 아는 유치원 엄마들이 재희만의 특별한 교육관이나 학습지도 방법, 교육 정보가 있는지 추궁하듯 물어왔다.

재희가 아메리카노를 한 모금 마셨다. 세 쌍의 검은 눈동자가 그녀의 입에 집중했다. 그녀가 꺼낼 이야기가 무엇이든지 간에 엄마들은 경청해서 듣고, 과장되게 호응할 준비가 되어 있었다. 재희는 자신이 예상한 방향으로 주제를 옮기는 엄마들의 모습에 적잖이 당황하고 적당히 안도했다. 대화의 주도권을 자신이 가졌다는 확신이 들자, 향을 음미하며 느긋하게 커피를 마셨다.

"제가 한 건 영어책이든 한글책이든 가리지 않고 읽어준 것뿐이에요. 아시다시피 제일 중요한 게 문해력이잖아요. 연산을 아무리 잘해도 수학 서술형 문제를 이해 못 하면 고학년 돼서 낭패라고 해서요. 여러 번 강조해도 책이 제일 중요한 것 같아요."

"로아는 어떤 책이든 잘 읽어요?"

동석 엄마가 의자를 끌어당기며 테이블에 가슴을 바짝 붙였다.

"진짜 책 때문에 이사라도 해야 하는지…… 독서가 취미인 애한테 책을 안 사줄 수도 없고. 로아 아빠 눈치 보여서요. 명품 가방 사는 것도 아닌데 책 결제할 때마다 뭐라고 해요."

재희가 별것 아닌 이야기를 특별한 정보라도 되는 양 조심스레 말했다.

"안 보는 책 있으면 우리 혜지한테 좀 넘겨요. 로아 책은 다 좋을 것 같아요."

"에이, 혜지는 새 책 사줘야지요. 무슨 헌책을 물려받으려고 해요. 아빠도 잘 벌면서."

재희가 손사래를 치며 말을 돌렸다. 포인트는 '새 책'이었는데, 누군가에게는 '아빠도 잘 벌면서'가 중심 어절로 들렸나보다. 조용히 있던 시윤 엄마가 재희의 말을 자르면서 쑥, 들어왔다.

"로아 엄마, 아빠가 잘 버는 집은 책 물려받으면 안 돼요? 그럼 돈 없는 집만 물려받는 건가? 애들이 콩나물처럼 쑥쑥 크는데 어떻게 매번 새 옷, 새 책, 새 장난감만 사요? 로아는 외동이라서 그럴 수 있나본데, 두 명, 세 명 있는 집들은 다 물려주고 받으면서 키워요."

시윤 엄마가 노골적으로 불쾌한 기색을 내비쳤다. 브런치 회동의 목적을 달성하지 못해도 상관없다는 태도였다.

"아니, 제 말은 그런 게 아니라, 혜지 새 책 선물해주라는 뜻이었어요."

재희가 대각선 건너편에 앉은 시윤 엄마의 팔을 서둘러 잡았다. 정말 그런 뜻으로 말한 게 아니었다며 자신의 진심을 알아달라는 표정으로 말이다.

혜지 엄마가 학원과 입시 정보를 무기로 엄마들을 모으는 전략가라면, 시윤 엄마는 큰 목소리와 행동력으로 엄마들을 모으는 활동파였다. 근처 초등학교의 학부모 운영위원까지 맡고 있어서 마당발로 통했다. 열심히 뛰는 만큼 뒷담화도 서슴지 않아서 크고 작은 구설수에 올랐지만 본인은 개의치 않아 했다. 재희는 시윤 엄마의 마음을 거슬리게 한 건 아닌지 곁눈질로 동태를 살폈다.

"맞아, 어떻게 매번 새것만 사요. 물려주고 받고 하면서 키우는 거지. 애들 교육 면에서도 새 물건만 사주면 안 좋대요. 그리고 환경을 생각해야지."

"그래서 말인데…… 다른 분들은 그거 안 써요? 저는 어니언마켓 어플 이용해요."

슬며시 화제가 이동했다. 동석 엄마가 어니언마켓 애플리케이션의 특징과 사용법을 본격적으로 말하기 시작했다. 스마트폰에 내장된 GPS를 이용하여 근방 10킬로미터 이내의 사용자가 올린 중고 물품을 소개해주는데 초품아답게 아이들 용품이 정말 많이, 다양하게 올라온다는 거였다. 개중에는 새 제품도 있어 폭탄세일이나 창고 대개방 시기에 사는 것보다 훨씬 이득이라고 했다.

"요즘 연예인이랑 인플루언서들도 다 어니언마켓 써요. 저번에 유튜브에 연예인 K가 나와서 캠핑용품을 3분의 1 가격으로 샀다며 자랑했다니까요. 배우 H도 아이들이 좋아하는 어린이 과학잡지를 몇 년 치나 어니언마켓에서 구했다고 하고요. 중고 직거래가 유행이에요."

어니언마켓 이야기가 나오자 엄마들은 왕년에 좋아했던 아이돌 덕질 경험을 공유하는 것처럼 신이 났다. 자신만의 중고 거래 노하우를 아낌없이 방출했다. 학원 시스템이나 과외 자리, 팀 수업에 대해 이야기할 때와는 다른 태도였다. 재희는 빠르게 전환된 화제와 분위기에 내심 안도했다.

"전집을 어니언마켓에 팔면 되겠네. 로아 책은 상태 좋아서 올리면 금방 콜 올 건데. A급 전집은 중고 시장에서도 가격 제법 받아요."

혜지 엄마가 보조개를 보이며 재희를 쳐다봤다. 건배라도 할 기세로 유리잔을 얼굴 높이까지 들어올렸다.

"근데 저는 그 어플 안 써봤어요. 어떻게 사용해야 되는지도 모르고, 제가 보기보다 기계치라서 새로운 앱에 적응하는 데 어려움이 있거든요."

"어려울 게 뭐 있어요. 스마트폰으로 사진 찍고, 상품 설명 간단하게 쓰고 가격 정해서 업로드하면 끝인데. 집도 좁다면서 얼른 팔아요. 그래야 또 새 책 사지."

재희는 정말 그 앱을 사용할 생각이 없었다. 나아가 집에 있는 로아 책을 팔 생각도 없었다. 손때 묻은 책을 언제든지 찾아볼 수 있게 아이의 손길, 눈길, 발길이 닿는 곳에 꽂아두고 오랫동안 읽게 하고 싶었다. 돈을 주고받는 정식 거래라도 낯선 이가 아이의 체취와 온기가 남은 물건을 어떻게 사용할지 의문이었다.

옆 테이블도 아이들의 학원 이야기가 한창이었다. 신축 아파트 단지에 개원한 영어유치원 엄마들 모임인 듯했다. 남자아이는 협동심과 체력을 위해 아이스하키를, 여자아이는 몸매 관리와 유연성을 위해 플라잉요가를 가르치자는 말들이 나왔다. 원어민 교사의 출신지를 따지는 소리도 들렸다. 지방에 살아도 교육만큼은 대치동을 모델로 해야 한다고 누군가가 힘주어 말했다. 재희는 옆 테이블의 정보를 하나라도 더 듣고 싶었다. 청각 자극만 남은 사람처럼 귀를 곤두세웠다. 어니언마켓 애플리케이션에는 관심이 없었다. 중고 거래 이야기를 브런치 카페 어디에서라도 들을 수 있게, 큰 소리로 떠드는 엄마들의 태도가 도리어 부끄럽기까지 했다.

그 순간이었다. 그녀의 속마음을 알 리 없는 시윤 엄마가 테이블 위에 놓여 있던 재희의 하얀색 스마트폰을 집어들었다. 마치 제 물건을 다루듯 손가락을 이리저리 움직이더니 어니언마켓 애플리케이션을 다운로드했다. 띵— 소리와 함께 동그란 원이 윤곽을 드러내면서 나타났다. 삼십초가 되지 않은 짧은 시간이었다. 까도 까도 껍질이 나타나는 양파처럼 접속할 때마다 새로운 물건이 업로드된다는 '어니언마켓'. 그렇게 재희의 스마트폰 끝자리에 해당 앱이 자리하게 되었다.

* * * * *

로아를 재우고 재희가 거실로 나왔다. 등을 켜지 않아도 베란다 앞 가로등 불빛에 집안이 희끗희끗 보였다. 아이가 가지고 놀던 자동차와 블록, 풀다 만 연산 학습지와 위태롭게 쌓아 놓은 그림책들, 아무렇게나 벗어놓은 옷까지. 지저분하고 어지러운 장면이지만 보고 있으면 마음이 차분해지는 이상한 풍경이었다. 재희는 로아가 하루 동안 배출한 땀과 침, 쓰레기로 더러워진 거실이 아이의 몸과 마음이 성장한 증거라고 믿었다. 아이를 생각하면 이름을 부르기 전에, 얼굴을 떠올리기도 전에 미소부터 지어졌다. 그 힘으로 그녀는 매일매일 집안을 쓸고 닦았다. 그때 집을 잘 산 것 같아. 요람 같은 집에서 로아가 클 수 있어서 다행이었다.

재희가 거실을 정리했다. 장난감을 모으고 나무상자에 블록을 색깔별로 담고, 문제집과 필통을 챙겼다. 마지막으로 탑처럼 쌓인 책들을 한 번에 들어 로아 방으로 옮겼다. 아니, 옮기기 직전 열 권의 책을 들다가 손목이 욱신거렸고 손목터널증후군이 다시 도진 건가, 하고 짧은 순간 생각하다가 책을 손에서 놓쳐버렸다. 타타타―닥! 직사각형의 책들이 발등과 바닥 위로 떨어졌다. 책 모서리가 발등을 세게 찍었다. 으으. 재희가 비명도 지르지 못한 채, 허옇게 질린 얼굴로 발을 움켜쥐었다. 찍힌 부위가 빨갛게 부어오르며 열이 났다.

"에이 씨, 이놈의 책! 진짜 다 갖다 버리든지 해야지!"

바닥에 털썩 주저앉았다. 문득, 시윤 엄마가 설치해준 어니언마켓 앱이 떠올랐다. 당시 분위기에 휩쓸려 설치해놓고 집에 와서 삭제한다는 걸 잊고 있었다.

무언가에 홀린 사람처럼 재희는 스마트폰 배경화면에서 어니언마켓 앱을 찾았다. 화면에 '웰컴! 어니언마켓'이라는 문구가 떴다. 실명 확인을 하고 사는 곳과 연락처를 입력했다. 아이디는 '러블리LoA'로 정했다.

정말 그곳에는 없는 것이 없었다. 최근 인기 있는 직거래 상품, 삼십대 여성들이 찜한 아이템, 핫한 육아용품 등이 품목별,

주제별로 진열되어 있었다. 캄캄한 거실이 스마트폰에서 흘러나온 빛으로 환해졌다. 어니언마켓을 살펴보는 재희의 얼굴도 더불어 밝아졌다.

게시글 하나가 눈에 들어왔다. 엄마표 영어를 하는 사람은 무조건 거쳐간다는 고가의 영어전집이었다. 영국 출판사에서 만든 단계별 리딩 교재로 재희가 위시리스트에 넣어두고 구입을 망설이던 책이었다.

> 자세한 설명 안 드려도 이 교재 좋은 건 다 아시죠? 풀세트 구입해서 사용하려고 했는데, 엄마표가 힘들어서 근처 영유 보냈습니다. 상태는 최상A급입니다. 집에서 엄마표로 하실 분, 저렴한 가격에 데려가세요. 네고, 에눌 없습니다. 예민맘 사절입니다.

간단한 설명과 함께 다섯 장의 사진이 첨부되어 있었다. 1단계 교재만 사용 흔적이 살짝 있고 남은 단계는 비닐 커버조차 뜯지 않은 새 상품이었다. 부록인 플래시 카드와 워크북, 보드게임까지 풀세트였다.

재희는 해당 상품을 자세히 보고 설명을 읽고 또 읽었다. 블로그에서 어니언마켓 물건 구매 방법을 숙지하고, 제품을 다시 봤다. 판매자에게 쪽지를 보내기엔 너무 늦은 시간이었다. 초록색 별표를 눌러 찜하기를 한 뒤, 앱을 나왔다.

다음날, 로아를 유치원에 보내고 어니언마켓에 들어갔다. 낯선 이가 사용한 물건을 로아가 써도 될까, 하는 마음과 상품 설명을 보면 거의 새 제품이잖아, 라는 마음이 천칭저울 위에서 오르락내리락했다. 추가 한쪽으로 기울어지자 재희는 판매자 '헤르메스'에게 쪽지를 보냈다.

〔안녕하세요? 올려놓으신 영어책을 구매하고 싶은데요. 가능할까요?〕

〔가능요.〕

헤르메스는 도로 건너편의 신축 아파트 303동 지하 주차장에서 만나자고 했다. 등록된 지문을 보안 패드에 인식해야 단지 출입이 가능한, 경비와 보안이 철저한 아파트였다. 재희가 아파트 주 출입문을 어떻게 통과하냐고 묻자 차량 번호를 알려주면 아파트 관리 앱에 방문 차량 등록을 해놓겠다고 했다. 재희가 잠시 망설였다. 그녀의 집은 자가용이 한 대였고 차는 남편이 출퇴근용으로 사용하고 있었다.

〔헤르메스님, 제가 접촉사고가 나서 차를 수리 맡겼거든요. 며칠 후에 찾을 수 있는데 아파트 주 입구에서 뵈면 안 될까요?〕

재희가 정중하게 의사를 밝혔다. '읽음' 표시가 떴지만 답이 없었다. 판매자의 연락을 기다리며 그녀는 걸어서라도 지하주차장까지 갈걸, 괜히 지상에서 보자고 했네, 라며 후회했다. 어떤 면으로 필요 이상 솔직했다는 생각마저 들었다. 다른 물건 사면 되지, 따위의 배짱은 생기지 않았다.

〔남문 앞에서 봐요.〕

한 시간이 지나서 알람이 울렸다. 재희가 답글 창에 〔네〕를 쓰고 엄지 척! 이모티콘을 누르려는데 연이어 쪽지가 도착했다.

〔책이 무거워서 옮기기 어렵지만 차를 수리 맡기셨다니 어쩔 수 없죠.〕

재희가 이모티콘을 지우고 〔네〕만 보냈다.
그렇게 헤르메스와 만났다. 바퀴 두 개가 달린 주황색 장바구니에 영어전집을 가득 실었다. 보도블록 위로 덜컹덜컹 플라스틱 바퀴 굴러가는 소리가 났다. 정교하지 않은 바퀴가 빠질까 싶어서, 재희는 간간이 바퀴 상태를 살폈다. 태양 볕이 뜨거운 날이었다. 신축 아파트 단지에서 재희 집까지는 나무 그늘조차 없었다. 사정없이 내리쬐는 햇볕을 온몸으로 맞으며 걸었다. 등과 이마 위로 땀이 물처럼 흘렀다. 지면이 고르지 못한 곳에선 손과 손목에 힘을 더 주어 장바구니를 움직였다. 그럴 때마다 손목터널증후군이 재발한 듯이 손목과 손가락이 저렸다. 다리와 발목에도 힘이 더 들어갔다. 지난밤에 찍힌 발등까지 심하게 아렸다. 이게 뭐 하는 짓인가, 싶다가도 영어전집의 원가격을 생각하니 입술 사이로 웃음이 흘러나왔다. 득템도 이런 득템이 없었다.

대형 어학원을 다니지 않지만 영어 레벨테스트에서 탑반이 나오는 아이. 사교육 시장에 휩쓸리지 않으면서 차근차근 실력을 쌓아가는 학생. 창의적이고 자기 주도적인 어린이. 재희가 기대하고 바라는 로아의 명찰이었다. 그 명찰을 위해 그녀는 자신이 할 수 있는 최고의 방법을, 최선의 방식으로 하겠다는 결심을 이미 한 터였다. 다행히 제게는 그것을 실행할 정보력과 판단력이 있다고 믿었다. 불친절한 판매자의 답변은 영어책 비닐 커버를 뜯으면서 함께 벗겨버렸다. 새 표지가 영롱한 자태를 드러낼 때마다 그녀의 이마를 적신 후덥지근한 땀방울도 함께 증발되었다.

성공적인 첫 거래였다. 그뒤로 어니언마켓은 재희 생활의 필수품이 되었다. 남편은 심플라이프를 실천하는 그녀에게 박수를 쳤다. 재희는 알뜰살뜰한 21세기형 아내를 재현하며 어깨를 으쓱였다. 어니언마켓이 뭐냐고 묻는 로아에게는 나한테 필요 없는 물건을 다른 사람과 바꿔 쓰는 일이라고 답했다. 아이는 과학 동화책에서 읽었다며 재활용 방법과 환경보호의 중요성에 대해 이야기했다. 동석 엄마의 말대로 교육 효과까지 톡톡히 있는 애플리케이션이었다. 그녀는 동석 엄마에게 감사 인사를 해야겠다고 생각했다. 물론 앱을 다운로드해준 시윤 엄마에게도 말이다.

*****

종이 쇼핑백을 든 재희가 아파트 상가 입구에 서 있었다.

〔도착했는데 어디세요?〕
〔아파트 주 상가 입구요.〕

열 번이 넘는 직거래를 통해 재희는 자신과 만날 사람이 누구인지 직감적으로 알아냈다. 쭈뼛거리며 다가오는 사람, 쇼핑백 없이 물건만 버젓이 들고 오는 사람, 택배 상자를 낑낑거리며 들고 오는 사람 등. 거래하는 품목만큼이나 상대방의 행동도 제각각이었다. 재희는 다양한 사람들 속에서 거래자를 한 번에 찾았고, 자신의 촉이 맞을 때마다 짜릿함을 느꼈다.
"안녕하세요, 러블리로아님?"
갈색 단발머리에 흰 반팔 피케 원피스를 입은 여자가 말을 걸었다.
"확인해보세요."
재희가 쇼핑백을 건넸다. 여자가 유아용 수학 교재와 교구를 꺼냈다. 워크북이 구겨지거나 찢어지지 않았는지, 누락된 교구가 없는지 꼼꼼히 살폈다. 재희는 숙제 검사를 받는 학생처럼 말없이 서 있었다.

도통 나이를 짐작하기 어려운 외모와 차림새였다. 겉모습만 보면 유아용 수학 문제집이 필요하지 않을 것 같은데, 물건 상태를 확인하는 모습을 보면 이 나이대의 아이와 긴밀하게 연결되어 있는 듯했다. 여자의 오른팔에 최근 대치동 학원가에서 뜨고 있다는 어학원의 가방이 걸쳐져 있었다. 빨간색 가방에 'Jaden'이라는 이름표가 붙어 있었다. 애가 저길 다니는 건가, 엄마라고 하기엔 매우 젊은데. 아이돌보미나 학습 시터인가…… 난 너무 집에 있던 차림으로 나왔나. 샌들 사이로 은색 페디큐어를 한 여자의 발가락이 보였다.

"상품 설명 써주신 것과 같네요. 구매할게요."

여자가 그녀를 바라보며 싱긋 웃었다. 재희도 수행평가를 무사히 끝낸 학생처럼 같이 웃었다. 여자가 지갑에서 2만 원을 꺼내 재희에게 주었다. 돈을 건네는 여자의 손가락이 희고 가늘었다.

여자를 다시 만난 건 일주일 뒤였다. 이번에는 신축 아파트 단지 공동 현관 입구에서였다. 대로를 두고 두 아파트 단지가 마주보고 있지만 두 곳에서 나오는 어니언마켓 판매 목록은 달랐다. 헤르메스와의 만남 이후 그녀는 신축 아파트에서의 거래를 꺼렸지만 좋은 물건이 저렴하게 나오는 걸 외면하기는 힘들었다. 오늘도 자외선 차단 선캡을 쓰고 바퀴 달린 장바구니를 끌며 횡단보도를 건넜다.

"안녕하세요, 어니언마켓이시죠?"

판매자에게 AR* 3점대 챕터북을 사기로 했다. 로아의 리딩 실력이 급성장해서 여러 종류의 영어 원서가 필요했다.

"어? 지난번에 뵌 분이네요."

이전과 동일한 스타일의, 색깔만 다른 원피스를 입은 여자가 알은척을 했다. 아이디가 낯익다 했는데 이미 만난 사람이었다. 재희는 같은 사람과 한 번 더 거래를 하는 상황이 겸연쩍으면서도 상냥하게 인사를 하는 여자에게 호감을 느꼈다.

챕터북 상태는 설명란에 쓰인 것보다 양호했다. 여자는 이 책들로 아이의 리딩 실력이 업그레이드됐다며 정말 잘 만든 교재라고 덧붙였다. 말하는 중간중간 영어 단어를 섞어서 사용했는데 원어민처럼 발음이 유창했다. 유학파인가? 교포인가? 나름 영어라면 자신 있는 재희지만, 로아와 공부할 때를 제외하곤 실생활에서 영어를 쓰기가 멋쩍었다. 문법에 맞춰 작문을 하고, 파닉스법에 맞게 발음해도 해외파 특유의 제스

---

* Accelerated Reader의 약자로, 학생들이 책을 읽고 퀴즈를 풀며 독해력을 점검하는 독서 학습 프로그램이다. 책의 복잡성과 난이도를 기반으로 미국 교과커리큘럼을 학년과 개월 수로 맞추어 AR지수로 분류했다. AR 3.5는 미국 3학년 5개월 수준의 학생이 이해할 수 있는 난이도라는 의미이다.

처와 분위기를 따라가기 어려웠다. 상대를 의식하지 않고 자연스럽게 특정 단어를 발음하는 여자의 태도에 살짝 주눅이 들었다. 여자는 이번에도 빨간색 어학원 가방을 들고 있었다. 재희의 시선이 가방에 고정되었다. 여자가 가방을 앞으로 들어 보이며 말했다.

"큰애가 여기 다녀요."

"거기 좋다고 소문났던데요. 들어가기 어렵죠?"

"아니에요. 소문만큼 별나지 않고 크게 어렵지도 않아요. 네이티브 티처가 전부 북미권 대학 영어과 출신에 테솔 자격증까지 있거든요. 실력이 있으면서 인품까지 훌륭하셔서 믿고 보내고 있어요. 지금 엄마표 영어 하시는 거죠? 집에서 충분히 레테 준비할 수 있어요."

여자의 말을 들은 재희가 아들 로아에 대해 이야기했다. 최근에 7세고시로 유명한 A어학원 레벨테스트에서 탑반에 합격했는데 엄마표 영어로 나온 결과라고 말하면 주위에서 믿지 않는다고 말이다. 엄마표 영어가 실패하는 사례가 많지만 체계적인 커리큘럼으로 꾸준히 이끌어주면 좋은 성과를 얻을 수 있다고 힘주어 말했다. 재희는 혀끝으로 마른 입술에 침을 묻히며 말을 이어갔다. 손부채질을 하니 더운 바람만 불었다. 더위에 여자의 얼굴도 붉게 달아올랐지만, 표정만큼은 변함이 없었다. 알 듯 말 듯 한 미소를 지으며 인내심 있게 재희의 이야기를 들었다.

그러고는 이렇게 다시 만나게 된 것도 인연이라며 재희가 궁금해할 사항들을 스스럼없이 말했다. 대치동 빅3 어학원 레벨테스트와 국제학교 입학시험, AR지수와 렉사일Lexile지수, 라이팅과 그래머 단계, 유명 어학원 강사 프로필 등. 여자의 입에서 나오는 정보는 재희가 미처 파악하지 못한 고급 정보였다. 유치원 엄마들이 끝까지 숨기고 싶어하는, 소수의 사람들만 공유하는 내용이었다. 여자는 크게 대단한 이야기가 아니라는 표정으로, 오히려 다정하고 친절하게 자신이 알고 있는 것들을 나눠줬다. 이런 학부모도 있구나. 이렇게 열린 마인드로 아이를 키우는 사람도 있구나. 신축 아파트 공동 현관 입구에서 재희는 놀라움과 감사함을 동시에 느꼈다.

그날 밤, 로아와 남편이 잠들자 재희는 거실로 나와 어니언마켓 애플리케이션에 접속했다. 곧장 거래 내역으로 들어가 판매자 정보를 눌렀다. 여자의 아이디는 '태태mom'이었다. 태태맘이 올려놓은 물건을 살펴봤다. 재희가 산 챕터북을 포함해 고가의 영어전집이 주류를 이루었다. 상태가 좋고 가격도 중고 직거래 시세 평균보다 저렴했다. 120사이즈의 원피스, 한정판 〈겨울왕국〉 피규어, 명품 브랜드에서 나온 유아용 투피스 수영복이 있었다. 동일 브랜드의 140사이즈 남아 셔츠와 캐시미어 100퍼센트 코트, 가죽구두도 보였다. '무료 드림'하는 캠핑용품과 4분의 1 사이즈 바이올린, 몇 번 사용하지 않았지만 생활 기스가 있다는 스키용품까지.

재희는 태태맘의 판매 목록을 보며 태태맘의 가족을 상상했다. 아이들 이름에 '태' 자가 들어가나? 태희? 태민? 태린? 뭘까? 옷 사이즈와 구성을 보니 성별이 다른 두 아이가 연상됐다. 영어 교육에 힘을 쏟고 주말이면 아이들과 캠핑을, 겨울철에는 시즌권을 끊어 스키를 타러 다니는 가족. 명품 키즈 라인 옷을 체육복처럼 입다가 판매하는 넉넉한 집. 여자가 말하지 않은 내용을, 공개한 적 없는 정보를 재희는 판매 목록을 보며 구체적으로 그려봤다. 여자에게 필요하지 않은 물건을, 버려질 위기에 처한 물품들을 보면서. 무엇이 여자로 하여금 제게 친절을 베풀도록 했는지, 유치원 엄마들이 손금처럼 쥐고 있는 교육 정보를 제약 없이 풀어버렸는지도. 정답을 알 수 없는 질문이 무질서한 넝쿨처럼 뻗어갔다.

그러다가 자신이 판매하고 구매한 리스트를 봤다. 왕득템했다고 환호했던 전래동화 전집과 코딩 로봇 교구, 남편 회사에서 답례품으로 보낸 스팸 선물세트, 초록색 별만 누르고 엄두도 못 낸 루이비통 카드지갑. 심플라이프와 인성 교육, 환경 보호 운동까지 할 수 있게 해줬다는 그 세목이, 다시 보니 재희의 생활이며 일상이었다.

거기에는 재희만 아는, 숨기고 싶은 물건도 있었다. 언젠가 재활용품 분리수거를 하고 건너편 아파트 단지까지 걸었던 적이 있다. 낮 동안의 열기가 식자 시원한 바람이 불었다. 습기를 적당히 품은 밤공기가 상쾌했다. 신축 아파트 공동 현관을 통과하는 입주민을 뒤따라서 유유히 단지 안으로 들어갔다. 지상에 차가 다니지 않는 아파트 단지라 걷기에 편안했다. 여기 살고 싶네. 혼잣말을 했다.

지금 살고 있는 아파트는 무리하게 대출을 내서 구입했다. 남편은 내 집 마련의 꿈을 이뤘다며 좋아했지만 재희는 집의 어느 부분이 온전히 가족의 소유인지 몰라 불안했다. 막대한 대출이자를 갚느라 불필요한 지출을 줄여야 했다. 그 항목에는 로아의 학원비도 포함되었다. 아직 일곱 살인 아이를 벌써부터 학원에 보낼 필요가 있냐는 거였다. 남편의 말에 동의하면서도 사교육 개수와 종류로 증명되는 부모의 서포트 능력과 사랑의 크기에 그녀는 힘이 들었다. 아들을 누구보다도 사랑하는데 사랑을 입증할 수 있는 방법이 제게는 없는 것 같았다. 다시 일자리를 구하려고 해도 임신, 출산, 육아로 경력이 단절된 재희를 받아주는 곳이 없었다. 그대로 로아를 포기할 수도, 방치할 수도 없기에 재희는 다양한 엄마표 수업을 시작했다.

놀이터를 지나 공원을 산책하듯 신축 아파트 단지를 걸었다. 걷다가 분리수거 구역 앞에 놓여 있는 그것을 보았다. 노란 가로등 불빛을 핀조명처럼 받으며 고고하게 서 있는 그것은 신생아 전용 '바구니형 유아차'였다. 사용 기간이 짧아 가성비를 중요하게 여기는 산모는 패스하지만 사용하면 육아의 질이 높아진다는 레어 아이템이었다. 로아를 임신했을 때 사고 싶었던 그 제품은 아직도 그녀의 인터넷 장바구니에 담겨 있었다.

재희가 앞으로 다가갔다. 보라색 차양과 바구니형 시트, 바람막이 커버까지 완벽한 구성이었다. 몇 번 사용하지 않았는지 바퀴조차 반들반들했다. 주위를 둘러보았다. 분수대 주변을 돌고 있는 노부부와 반려견을 산책시키는 아저씨가 보였다.

유아차를 확인하는 재희의 가슴이 뛰었다. 손바닥이 땀으로 끈끈해졌다. 노부부와 아저씨가 사라질 때까지 스마트폰으로 관심 없는 연예 기사를 보며 기다렸다. 사위가 고요해지자 유아차를 끌고 신축 아파트 단지를 조용히 빠져나왔다. 들어갈 때는 등록된 지문이 필요했지만 나올 때는 어떠한 절차도 요구하지 않았다. 보도블록 위로 유아차를 밀며 걸었다. 핸들링이 좋아 손목이 아프지 않았다.

현관 입구에서 보니 바구니형 시트에 분유 얼룩이 져 있었다. 재희가 시트 커버를 벗겨 손세탁했다. 항균 물티슈로 은색 프레임 안쪽까지 꼼꼼히 닦았다. 깨끗해진 유아차를 현관에 세워두고 잠이 들었다. 유아차에서 아기가 울었다. 발정난 암고양이처럼 울었다. 가늘게 들리던 소리가 점점 커졌다. 응애응애, 응응응. 그녀는 잠결에 그 소리를 들었다. 응애응애, 응응응. 유아차에서 난 울음소리가 거실을 지나 작은방을 통과해서 안방까지 도착했다. 신경을 곤두세우는, 날카로운 그 소리를 로아가 들을 것 같아서, 로아를 삼킬 것 같아서 재희가 벌떡 일어났다. 서둘러 현관으로 뛰어갔다. 유아차를 문밖으로 몰아내고, 다시 복도 끝까지 밀고 가서 버려뒀다.

다음날, 아이를 등원시키고 유아차 사진을 찍었다. 간단한 설명을 곁들여 어니언마켓에 업로드했다. 새 상품 값의 5분의 1 가격에 올리니 비상벨을 누른 것처럼 빠르게 연락이 왔다.

그러니까 재희가 판매한 목록에 유아차가 있었다. 거래하고 받은 후기—새 상품 같아서 너무 좋아요, 감사합니다♥—와 평점—★★★★★—도 있었다. 어차피 버린 건데 필요한 누군가가 쓰는 게 낫지. 그렇게 스스로를 합리화하면서 스마트폰 화면의 밝기를 어둡게 낮췄다. 명암을 조정하다가 스마트폰 전원을 꾸욱 눌러 껐다. 어둡던 화면이 더 어두워졌다.

암흑 속에서 누군가 자신을 보고 있었다. 동그랗고 말간 눈이 두 개 있었다. 네 개, 열 개…… 스무 개…… 점점 불어났다. 그중에서 두 쌍의 눈이 어둠 속 고양이 눈동자처럼 커졌다. 비정상적으로 커지다가 점점 또렷해지는 눈을 가진 이는 헤르메스와 태태맘이었다. 커질 대로 커진 두 사람의 얼굴이 고무풍선처럼 떠올랐다. 천천히, 조금씩 재희에게 다가왔다. 얼굴들이 눈앞까지 다가오자 그녀가 손을 들어 힘껏, 찔렀다. 뭉툭한 손톱이 푹, 들어가자 팡, 소리를 내며 두 개의 얼굴이 찢어졌다. 흩어진 얼굴에서 희미한 빛이 났다. 그 빛에 의지해 스마트폰의 전원을 켰다. 빛과 빛이 만나자 주변이 점점 환해졌다. 재희는 판매한 목록에서 유아차를 삭제했다. 현재 판매 목록과 구매 목록을 눌러 하나하나 지웠다.

    판매중인 게시글이 없어요.

창백해진 화면을 보고는 어니언마켓을 빠져나왔다.

* * * * *

  아파트 주 출입구에 엄마와 아이들이 모여 있었다. 몇 대의 노란 승합 버스가 정차했다가 아이들을 태우고 떠났다.
"오늘따라 등원 버스가 늦게 오네요."
  옆에 서 있던 동석 엄마가 말을 붙였다. 재희가 고개를 끄덕이며 동석과 동석 엄마를 보았다. 동그란 얼굴에 동그란 코를 가진 두 모자는 서로를 닮아도 너무 닮아 있었다.
"로아 엄마, 이번에 로아는 C학원 레테 쳐요? C학원 커리큘럼이 대폭 바뀌어서 서울 쪽에서도 난리래요. 애들 잡는다고 하면서도 그만큼 아웃풋이 나오니까 들어가려고 또 몰리고…… 로아는 학원도 안 다니면서 레테 통과만 하니까 학원 다니는 애들이 기죽잖아요."
  동석 엄마가 말을 늘어놓더니 마지막을 웃음으로 얼버무렸다.
"이번에는 쉬고 다음에 치려고요. 실력 확인이 필요한데 매번 하는 것도 애한테 스트레스여서요."

"그럼 이번엔 안 치는 거죠? 우리 동석이 준비 많이 했거든요."

동석 엄마가 박수를 치듯 두 손을 가볍게 모았다. 처음과는 다른 의미로 밝게 웃었다.

"준비 많이 했으면 레벨 잘 나올 거예요."

대답하는 재희의 표정도 부드럽고 온화했다. 매번 자신이 예상한 방향으로 주제를 옮기는 동석 엄마를 보면서 그녀는 적잖이 당황하고 적당히 안도했다. 어쩜 저렇게 투명하게 제 속을 다 보여줄 수 있을까, 감정의 변화를 얼굴에 드러낼 수 있을까. 동석 엄마가 애착인형을 든 여자아이처럼 귀엽게 느껴질 정도였다.

"어니언마켓 어플은 잘 사용하고 있어요? 교육 정보는 몰라도 살림 정보는 제가 좀 나아요."

동석 엄마가 재희의 어깨를 가볍게 쳤다. 첫 거래 이후에 재희가 동석 엄마와 시윤 엄마에게 고맙다는 인사를 했었다. 물건을 판 돈으로 브런치 카페에서 커피도 샀다. 엄마들은 아이돌 팬클럽의 신입 회원을 맞이하는 것처럼 그녀의 어니언마켓 입성과 첫 거래를 환영했다. 이렇게 유난을 떨 일인가, 싶으면서도 재희는 은근히 기분이 좋았다.

"뭐……"

이번에는 재희가 말끝을 흐리며 어색하게 웃었다. 동석 엄마를 향하던 시선을 거둬서 도로 건너 신축 아파트 단지를 바라봤다. 흔하게 묻는 인사말에 다른 의미가 깔려 있는 것만 같았다. 예민해진 감각으로 이어질 말을 기다렸다.

"요즘 어니언마켓 사기가 많더라고요, 조심해요. 나도 여러 번 거래해서 이제 잘 안다고 생각했는데 얼마 전에 사기당할 뻔했다니까. 동석이 인라인스케이트 사려고 알람 걸어뒀는데, 판매자가 계속 선입금하라는 거야. 산다는 사람 많다고 선착순으로 판매한다고 해서, 계좌번호 받고 고민하는데 다른 사람이 쪽지를 보내왔어요. 그 판매자 블랙리스트에 오른 사기꾼이라고. 쪽지 읽고 다시 들어가니 계정 삭제하고 도망친 거 있죠?"

왼손으로 입을 가리며 동석 엄마가 조심스러워했다. 근처에 사기꾼이 있어서 들으면 안 되기라도 하는 것처럼.

"중고 직거래 사기 이야기는 많이 들었는데 막상 나한테 일어나니 또 다르더라고. 여자 판매자한테만 접근해서 나쁜 짓 하는 사람도 있고. 절대로 아파트 동·호수 알려주면서 비대면 문 앞 거래 하지 말래요. 암튼 로아 엄마도 조심해. 얼마 안 해봐서 잘 모르잖아요."

말을 마친 동석 엄마가 곁눈질로 주변을 살폈다.

"그리고…… 있잖아요."

무언가를 말하려고 하다가, 곧바로 입을 다물었다. 재희는 동석 엄마가 삼킨 말을 궁금해할 사이도 없이 자신만의 생각에 빠져들었다. 한껏 곤두세웠던 감각을 스스로에게 되돌려주고는 어떤 장면을 되새김질했다.

사실 그 밤 이후, 재희는 어니언마켓을 멀리하고 있었다. 판매 목록과 구매 목록을 다 삭제해도 그곳에는 자신이 미처 지워버리지 못한, 폐기하지 못한 어떤 것들이 둥둥 떠다니고 있었다. 부유물을 잊는 방법은 간단했다. 해당 앱을 꾸욱 눌러 깜빡깜빡 표시가 날 때 'X'를 누르면 되었다. 앱을 설치하는 일보다 지우는 방법이 더 쉬웠다. 그럼에도 그녀는 지우지 않았다.

잠이 오지 않는 밤이 이어졌다. 잠든 로아의 통통한 손을 잡아도 그때뿐이었다. 아이는 몸과 마음이 건강하게 잘 자랐다. 명석한 두뇌와 학업 성취력은 유치원생이라고 믿기 어려울 정도로 뛰어났다. 재희는 그런 아들이 자랑스러웠지만, 언제까지 그것을 유지시켜줄 수 있을지 의문이었다. 아이가 원하는 것이 늘고, 키가 크고 몸이 불으며, 교육과정이 더 어려워지면 엄마표 수업에도 한계가 보일 것이다. 어니언마켓에서 조달할 수 있는 품목은 바닥을 드러낼 것이다. 로아의 능력이 커지고 정교해질수록 재희는 자신이 쪼그라드는 것만 같았다. 작고 작아져서 흐릿한 기미처럼 될 것 같았다. 그런 생각이 드는 밤이면 어니언마켓에 입장했다.

그곳에는 자신과 비슷한 생활을 하는 누군가의 하루가, 일주일이, 일 년이 고스란히 들어 있었다. 한때 환영받았지만 이제는 쓸모가 없어진 물건이 되돌아 앉아 있었다. 태태맘의 목록도 주기적으로 살폈다. 여자에게 버려진 물건을, 여자에게서 받아 갈 또다른 이를 그려봤다. 재희와 10킬로미터 거리 안에 살고 있을, 자신과 만난 적 없는 누군가의 일상을 상상했다. 어떤 이의 목록에선 공감과 위로를, 어떤 이의 목록에선 분노와 박탈감을 느꼈다. 끈적하게 달라붙는 어떠한 것들을 떨쳐내려 도리질을 쳤다. 그렇게 이끼처럼 자라나는 감정들을 고스란히 받아내면서도 어니언마켓 앱을 삭제하지 않았다.

주말 오전이었다. 로아는 영어 애니메이션 DVD를 보고, 남편은 모처럼 늦잠을, 재희는 여유 있게 커피를 마시고 있었다. 평화로운 오전 시간을 시샘하는 듯 재희의 스마트폰이 요란하게 울었다. 무음 모드를 해놓지 않은 스스로를 탓하며 재희가 스마트폰을 들었다.

─제가 이런 거 묻는 거 예의가 아닌 거 아는데요. 그래도 다 같이 애 키우는 입장에서 이야기해야 될 것 같아서 연락했어요.

평소와 다르게 동석 엄마의 목소리가 차분히 가라앉아 있었다.

─아파트 언니들이 말해도 저는 아니라고 했어요. 내가 아는 로아 엄마는 그럴 사람이 아니니까. 그래서 지난번에도 물어보려다가, 괜한 말 해서 로아 엄마 속만 상하게 할 것 같아서 참았어요. 그런데 이번에는 시윤 엄마까지 같은 말을 하면서

캡처 사진을 보내주는데, 확인해보니 진짜 맞더라고요. 로아 엄마 그렇게 안 봤는데 진짜 왜 그래요?

"무슨 이야기예요? 쉽게 말해봐요."

재희가 영문을 모르겠다는 듯 물었다.

―우리한텐 학원도 안 보내고 엄마가 직접 가르친다고 해놓고. 뒤에선 애 물건 가지고 장난치냐고요!

"그게 무슨 말이에요? 제가 로아 물건을 어떻게 한다고요?"

―진짜 무슨 말인지 몰라서 그러는 거예요? 로아 엄마가 로아 책이며 교구를 7세고시랑 레테 탑반 합격한 아이가 쓴 물건이라고 하면서 프리미엄 붙여 엄청 비싸게 팔고 있잖아요.

"네? 제가요?"

―어니언마켓! 거기서 p* 받고 물건 판다고 소문 다 났어요!

동석 엄마의 말에 재희는 말문이 막혔다. 지금 무슨 말을 들은 거지? 내가 로아 물건을 프리미엄 붙여 팔고 있다고? 재희가 말을 잇지 못하자 동석 엄마가 재차 물었다.

―그거 로아 엄마 아니에요? 진짜 모르는 일이라고?

재희는 서둘러 전화를 끊고 어니언마켓 앱에 접속했다. 동석 엄마가 말한 아이디를 검색해 찾았다.

---

* premium의 약자로, '웃돈'과 비슷하게 쓰인다.

세상에! 그곳에는 재희가 이때까지 판매했던 물건들이 전부 모여 있었다. 창작동화 전집과 수학 교구·교재, 유행이 지난 여름 원피스와 인조가죽 샌들, 선물 받고 먹지 않은 종합비타민과 스팸 선물세트가 나란히 있었다. 하나를 클릭했다. 재희가 썼던 상품 설명에 살을 붙여 더 자세하게 써놨다. 재희가 쓰지 않은 내용을, 오프라인에서 그녀를 아는 사람들만 알 수 있는 내용을 말이다. 조금 더 상세하게 붙인 구절─'엄마표 영어로 대형 어학원 레테 탑반 나온 아이가 쓴 영어 교재', '엄마표 영어를 꾸준히 하고 있는 엄마와 아이가 선택한 책', '물건을 사시면 A어학원 7세고시 합격 노하우를 알려드려요'─때문에 해당 물건의 가치가 올라갔다. 재희가 판매한 금액보다 세 배 이상 높게 책정되어 있었다. 모든 물품이 그랬다. 전부 다른 사람에게 팔았는데. 어떻게 내가 판 물건을 다 모아놓은 거지? 그동안 거래를 한 이들을 떠올려봤다. 대로변의 전봇대나 신호등처럼 특징 없이 희미했다. 판매자 아이디를 봐도 짐작이 되지 않았다. 스마트폰을 들고 있는 재희의 손이 차가워졌다. 손가락이 얼어서 꼼짝도 할 수 없었다.

 문득, 노란 불빛 아래 서 있던 유아차가 떠올랐다. 판매 목록에 유아차가 있는지 확인해야 했다. 온기 없는 손가락으로 스마트폰 화면을 터치했다. 한 번, 두 번, 다섯 번…… 열 번을 두드렸다. 아무리 터치해도 화면이 움직이지 않았다. 스마트폰을 들어 아래위로 세게 흔들었다. 화면이 바뀌지 않았다. 유아차를 확인해야 하는데, 리스트를 봐야 하는데. 스마트폰 화면 너머에서 누군가가 재희를 보고 있었다. 재희와 10킬로미터 거리 안에 살고 있을, 그녀와 만난 적 없는, 혹은 스치듯 거래했던 어떤 이가 재희와 로아를 유심히 응시하고 있었다. 응애응애, 응응응, 어디선가 발정난 고양이가 울었다. 울음소리가 점점 굵어졌다. 응애응애, 응응응. 재희가 목록을 확인하기 위해 스마트폰을 다시 터치했다. 탁, 탁, 탁탁. 터치를 하면 할수록 눈들이 많아졌다. 비대해진 눈들이 화면 밖으로 튀어올랐다. 형체를 알 수 없는 검은 눈들이 쏟아졌다. ■

카페인 랩소디

1. 캔커피

"오늘은 어디로 가볼까요?"

권 이사가 숟가락을 내려놓으며 물었다.

"순두부집 옆에 카페가 생겼는데 주인이 2021년 한국 바리스타 챔피언십에서 우승했다고 합니다. 거기 어떠세요?"

말이 떨어지기가 무섭게 맞은편에 앉아 있던 우 대리가 답했다.

"개업한 곳이면 한번 가봐야지. 움직입시다."

권 이사가 의자에서 일어나 법인 카드를 깃발처럼 흔들며 앞섰다. 그 뒤로 우 대리를 비롯한 세 명의 직원이 줄을 지어 따라갔다. 민우가 제일 마지막으로 일어났다. 식탁 위에는 민우가 먹던 해물된장찌개가 반 이상 남아 있었다. 이십칠 년 전통을 자랑하는 가게 주인이자 주방장이 직접 담근 된장과 육수를 사용한다고 했는데. 해물된장찌개의 맛은 편의점 도시락과 레토르트식품에 익숙해진 민우의 입맛에도 자극적이었다. 차라리 소금을 많이 넣었으면 입안을 물로 헹궈내기라도 하지. 정확히 꼬집어 설명할 수 없는 조미료 맛에 속이 쓰렸다. 숟가락 가득 맨밥을 퍼 입안에 집어넣었다. 꼭꼭 씹어 삼켰다. 권 이사와 우 대리가 특별한 후식을 마련하는 것 같아서 민우도 나름의 대비가 필요했다.

권 이사는 한 달 동안 회사 근처 커피숍에 매일 출근하고 있었다. 성지순례를 떠난 순례자처럼 유명하다고 소문난 카페를 일일이 찾아다녔고, 무림의 고수를 만나려는 수련생처럼 알려지지 않은 카페를 수소문해서 방문했다. 구내식당의 정식값보다 비싼 커피를 망설임 없이 주문했다. 물론 권 이사가 스페셜 커피 애호가나 핫플 집착남이어서 그런 것은 아니다. 그는 자신의 행동이 모두 프로젝트의 일환이라고 강조했다. 법인 카드로 커피를 마음껏 마실 수 있으니 사원 복지가 최고라며 '라떼는 말야'를 덧붙이며 주절거렸다.

이번에 맡은 프로젝트는 대형 식음료회사의 신제품 '캔커피' 광고였다. 정확히 말하면 캔커피 광고를 대리진행하는 광고회사의 한 부분을 수주한 것이다. 회사의 일은 문어 다리 여덟 개 중 하나에 불과했으나 권 이사는 이번 프로젝트에 사활을 건 것처럼 보였다. 이 일을 잘 성사시키면 다음번에는 단독으로 동그란 문어 대가리를 맡을 수 있을 거라는 장밋빛 미래를 꿈꿨다. 아직도 저 푸른 초원과 그림 같은 집, 사랑하는 님과 함께를 노래하는 권 이사의 모습에 팀원들이 혀를 내둘렀다. 그러다가도 권 이사 세대는 〈님과 함께〉를 애창곡으로 부르기만 하는 것이 아니라, 가사 내용을 현실화할 수 있었다는 사실에 씁쓸해졌다.

권 이사의 경영철학은 단순하고 명료했다. 타 회사 문어 다리와의 차별성! 그가 말하는 차별성이란 해당 제품에 대한 진정성이었다. 진솔하고 진심어린 마음이 광고사와 원회사, 소비자의 마음을 움직일 수 있는 원동력이라 했다. 온몸의 진정성을 위해 권 이사가 택한 건 회사 근처 카페의 커피를 다 마셔보면서 해당 캔커피만의 특색을 찾는 거였다. 카페인을 주기적으로 수혈해야 하는 사원들이 박수를 치며 환호했다.

문제는 민우였다. 민우는 다음 프로젝트가 제발 사탕이나 라면이길 바랐다. 권 이사의 경영철학이라면 사탕과 라면도 질리도록 먹을 수 있을 것이다. 그러나 커피는, 커피는…… 최악이었다. 언젠가부터 민우는 카페인에 최약체인 몸이 되었다. 부산에서 공무원 시험 준비를 하던 시절에는 하루에도 몇 잔씩 믹스커피와 테이크아웃한 아메리카노를 마셨는데. 서울 생활을 시작한 뒤로 커피를 마시면 잠을 자지 못했다. 몸속 어딘가에 카페인이 테트리스 블록처럼 하나둘 놓이는 것 같았다. 한 줄이 완성되면 블록이 사라져야 하는데 클리어 버튼이 고장난 것처럼 쌓이기만 했다. 가슴이 두근거리며 뺨에 열이 올랐다. 인터넷 기사를 찾아보니 카페인을 분해하지 못하는 사람이 있다고 했다. 민우는 무슨 연유로 자신의 신체가 변했는지 알 수 없었다. 출근을 위해 잠을 자야 하니, 커피 대신 다른 음료를 마시면 될 거라고 위안했다. 권 이사가 이 프로젝트를 가져오기 전까지는 말이다.

개업한 카페는 블랙 앤 화이트 톤으로 가구와 조명을 배치해놓았다. 인테리어 구경을 하는 팀원들 사이에서 우 대리가 주문을 받았다. 권 이사님은 아메리카노, 나는 캐러멜마키아토, 지형 씨는 아이스 아메리카노……
"아직 못 골랐어요? 민우 씨는 커피 고를 때마다 오래 걸리네. 부산 사나이가 뭐 이래요, 화끈하게 골라야지."
"잠시만요."
민우는 고개를 젖혀 천장에 붙은 메뉴판을 보았다. 눈 딱 감고 커피 못 마신다고 고해성사하면 안 되려나. 선잠을 자니 진정성을 논하기 전에 머리가 몽롱해서 맡은 업무조차 제대로 하기 어려웠다. 하지만 어떻게 들어온 회사인데. 이제 입사한 지 오 개월 된 민우는 권 이사의 눈 밖에 나고 싶지 않았다. 카페인 블록이 뱃속을 가득 채워도 괜찮은 척, 문제없는 척하고 싶었다. 이번 프로젝트만 지나가면 돼. 다음엔 초콜릿이나 컵라면, 아니면 가전제품 광고가 들어오겠지. 그런 심정으로 하루하루 버텨냈다.

"저는 아이스 돌체라테 마시겠습니다. 얼음 많이 주세요."

최대한 천천히, 조금씩, 입안에 카페인을 오래 머금는 방식으로 점심시간을 흘려보낼 것이다. 얼음이 녹아 커피가 물처럼 연해지기를 바라면서.

테이크아웃한 커피를 들고 회사로 향했다. 사원증을 목에 건 회사원들이 일회용 컵이나 텀블러를 들고 걸어갔다. 저 속엔 뭐가 들었을까? 몸에 좋은 건강차일까, 오후의 졸음을 떨치기 위한 더블샷 아메리카노일까? 도로 양옆으로 붉게 물든 단풍나무들이 자리했다. 민우는 종이빨대로 돌체라테를 빨아 마시며 가을 잎들을 바라봤다. 바람이 불자 주황색, 다홍색, 붉은색, 검붉은색 나뭇잎들이 하늘로 날아올랐다가 보도블록 위로 떨어졌다.

그때였다. 앞서가던 윤지형이 뒷걸음질쳐 민우 옆으로 다가왔다. 민우 한 번 보고 일회용 컵 한 번 보고, 민우 한 번 보고 종이빨대 한 번 보고. 그렇게 번갈아 보더니 암호를 알고 있는 비밀 요원처럼 은밀하게 말했다.

"민우 씨, 커피 못 마시죠?"

2. 믹스커피

퇴근 후, 윤지형과 민우가 지하철 두 정거장을 걸어서 베트남 쌀국수 식당에 들어갔다. 창가 쪽 나무 테이블에 두 사람이 마주보고 앉았다. 윤지형은 쌀국수 위에 고수를 듬뿍 올려 먹고, 민우는 양지 국물을 맛본 다음 국수를 먹었다.

"어떻게 알았어요?"

민우가 가느다란 면발을 앞니로 자르며 물었다.

"매번 마지막에 주문하고 남기고."

"아……"

민우가 젓가락으로 노란 단무지를 집다가 테이블에 떨어트렸다. 윤지형이 냅킨으로 떨어진 반찬을 집은 다음, 민우 쪽으로 단무지 그릇을 슬며시 밀어주었다.

"힘들면 커피 말고 다른 걸로 바꿔줄까요?"

"아니요, 이번 프로젝트만 잘 넘기면 될 것 같아요. 권 이사님이 알면 제 카피 문구에 진정성이 없다고 아예 보지도 않을 것 같아서. 이번 플젝만 잘 넘기게 도와주세요."

"진짜 그놈의 진정성이 뭔지."

윤지형이 말끝을 흐리며 웃었다.

"그 이야기 들었어요? 옆 팀에 김 부장님 승진도 권 이사님이 밀어서 된 거래요. 소주 광고 끝나고 한 건강검진에서 김 부장님 간 수치가 엄청 높게 나왔는데요. 권 이사님이 그걸 김 부장님이 해당 제품 시음을 많이 해서 그런 거라고. 진정성이 최고라면서 다음해에 과장에서 부장으로 승진시켰다고요."

지금이 어느 시대인데 아직도 그런 식으로 업적 평가를 하나 싫으면서도, 민우는 권 이사라면 가능할 거라고 생각했다. 직책은 이사였지만, 권 이사는 사실상 회사의 오너나 다름없었다. 선대에게서 물려받은 조그만 옥외 간판 가게를 이름만 대면 알 만한 광고회사로 키운 이가 바로 그였으니까. 그런 권 이사가 고집하는 건 세련된 감각이나 유행의 흐름이 아니라 창업주 때부터 내려오는 사훈, 곧 '진정성'이었다.

"이번 플젝 진짜 잘 넘겨야겠네요. 지형 씨가 많이 도와주세요."

"오케이. 무슨 뜻인지 알았으니까 잘 넘겨보자고요."

윤지형이 엄지와 검지 끝을 붙여 동그라미를 만들었다. 연두색 매니큐어를 바른 손톱이 반짝였다. 반짝이는 손톱만큼 그녀의 말투와 억양도 자연스럽게 미끄러졌다. 윤지형이 밝히지 않으면 전라남도 순천시에서 태어나 최근까지 살았다는 걸 알기 어려웠다.

"근데 지형 씨는 차암 서울말 잘 써요."

"뭐, 그런 거지요…… 근데 나는 부산 사투리 좋던데, 부산 싸나이 멋지잖아요!"

윤지형이 두 눈을 반달 모양으로 만들며 씽긋, 웃었다.

평소 민우는 부산 사나이라는 단어를 좋아하지 않았다. 자신이 부산에서 태어나고 자란, 생물학적 남자가 맞지만, 그 단어에는 청주 사나이, 제주 사나이, 강릉 사나이에는 포함되어 있지 않은, 다른 의미가 숨겨져 있는 것 같았다. 거친 파도에 호기롭게 맞서며 헤엄쳐 가는 바다 사나이, 혹은 거칠고 투박한 말씨에도 마음만은 순정인 경상도 사나이. 두 가지 모두 민우와는 거리가 먼 이미지였다.

"부산 싸나이……"

민우가 윤지형의 말을 따라 했다. '멋지다'라는 형용사는 마음속으로 따라 했다.

두 사람은 입사 동기였다. 전국적으로 청년 실업과 취업이 문제라며 모든 언론에서 기사화했다. 도대체 청년 실업과 취업률이 문제이지 않은 시절이 있기나 한 건지. 작년, 아니 오 년, 십 년 전 기사를 그대로 복사해서 붙여놔도 오늘 자 기사라고 믿을 지경이었다.

청소년이 청년이 되고, 청년이 중년이 되어도 같은 풍경이 자동 반복 모드를 눌러놓은 것처럼 되풀이되었다. 입구와 출구의 구분이 없는 거대한 미로에 감금된 느낌이었다. 민우는 중앙언론사 세 곳과 지역신문사 두 곳이 합동으로 기획 취재했다는 '청년 실업률과 미래 전망'이라는 특집 기사를 서면의 공무원 학원 휴게실에서 읽었다. 해결책으로 나온 '공공기관의 일자리를 늘리고'에 밑줄을 그었으나 그해 부산·경남 공무원 모집 인원은 전년도에 비해 감소했다. 목이 바싹바싹 타는 기분이었다. 휴게실 자판기에서 믹스커피를 연달아 뽑아 마셔도 갈증이 해소되지 않았다. 미로 속에 영원히 갇혀 있을 수 없었기에 다음 문장을 형광펜으로 칠했다. '중소기업을 장려하며,

대기업에선 학벌·학연·연고주의를 탈피하여 인재를 적극 등용해야 한다'는 부분이었다. 밀랍 날개를 단 이카루스가 되어 미로를 탈출하고 싶었다.

구직 사이트에서 형광펜으로 칠한 내용을 적극 표방한다는 채용 공고를 발견했다. '창립자 정신을 이어받은 전통 있는 광고회사'라는 소개 문구도 마음에 들었다. 민우는 대학 시절 학내 영화 동아리 회장까지 할 만큼 영상 예술에 관심이 많고 조예가 깊었다. 한때는 부산국제영화제에 자신이 연출한 저예산 독립영화가 상영되기를 꿈꾸는 시네필이었다. 그렇게 출신 학교와 토익 점수를 기재하지 않은 이력서를 내고, 블라인드 면접을 본 후 최종 합격했다. 친구들은 취업에 성공한 민우를 부러워했다. 민우는 운이 좋았다며 겸손하게 말했다. 대신 여자 친구인 수정과 있을 때는 자신의 날개가 태양열에도 녹지 않을 만큼 튼튼하다며 자축했다.

민우가 서울로 떠나던 날, 수정은 부산역 대합실에서 소리 내어 울었다. 취업에 성공한 민우가 다행이면서도 퇴근 후 치맥 타임을 함께할 수 없다는 게 원망스러웠다.

"주말에 보면 되지, 영상통화 자주 하고 실시간으로 카톡할게."

민우가 수정을 안으며 달랬다. 수정이 눈물을 훔치며 고개를 끄덕였다. 민우를 태우고 떠나는 부산발 KTX 열차가 마치 논산 훈련소로 출발하는 군용열차 같았다.

윤지형과 헤어지고 민우가 가방에서 스마트폰을 꺼냈다. 부재중 전화 세 통, 카톡 일곱 개. 잠금장치를 풀어 메시지를 확인하려는데 화면 위로 발신자 이름이 떴다.

―왜 안 받는데.

수정의 목소리가 낮게 가라앉아 있었다.

"바빴다, 일한다꼬."

―내는 안 바쁜 줄 아나?

민우가 스마트폰을 귀에서 멀리 뗐다. 수정이 깊은 물속에서 말하는 것처럼 목소리가 멀게 들렸다. 큰 소리로 발음하는 특정 단어들이 불쑥불쑥 솟아올랐지만 전체적으로 웅얼웅얼거렸다.

―내 말 듣고 있는 거가?

민우가 다시 스마트폰을 귀에 가져다 댔다.

"응, 듣고 있다."

―그 회사 일은 니 혼자 다 하나? 야근까지 하고.

"아직 신입이잖아. 커피 때문에 힘들다고."

―커피는 아직도 문제가?

순간, 민우는 가슴 저 아래로부터 무언가가 솟구쳐오르는 걸 느꼈다. 그 커피 때문에 자신이 지금 어떻게 살고 있는데. 상황도 모르면서 함부로 말하지 말라고! 입안을 맴도는 그 말을 꺼내는 즉시 싸움이 시작될 게 분명했다. 통화 종료 버튼을 누른 것처럼 두 사람은 말을 삼갔다.

— ……이번 주말에 내가 올라갈게. 출장도 있고.

수정이 한 박자 쉬고 말했다.

얼굴을 마주하면 풀릴 감정도 전화로는 한계가 있었다. KTX 열차로 두 시간 삼십 분이면 오갈 수 있는 거리였지만 마음의 거리는 2박 3일 단위로 오르락내리락했다. 주말 KTX 열차 요금은 주중보다 비쌌고 두 사람의 월급은 고정되어 있었다. 누가 부산에 오고, 누가 서울에 갈지. 매주 서로의 상황과 일정, 날씨와 컨디션을 염탐하며 눈치작전을 벌였다. 친구 결혼식이나 갑작스러운 야근, 감기 같은 이유로 한 주, 두 주 못 보는 일이 잦아졌다. 서로의 온기를 느끼며 사랑을 확인하지 못해도, 그달 생활비는 왕복 기차 요금에 데이트 비용을 더한 만큼 여유가 생겼다. 민우는 생활비와 연인에 대한 사랑을 저울에 올려놓은 자신이 부끄러웠다. 그럼에도 토요일 밤, 홀로 배달 치킨과 만 원에 네 개 하는 편의점 캔맥주를 앞에 두고 넷플릭스 오리지널 드라마를 볼 때면 한 단어로 규정할 수 없는 충만한 기쁨에 사로잡혔다. 이건 양팔저울과 칼을 든 정의의 여신도 쉽게 결정할 수 없는 문제야, 라며 혼잣말을 했다.

"서울역에 마중 나갈게."

민우의 답에 수정은 목이 꽉 메었다. 군대는 시간이 지나면 제대라도 하지. 직장 때문에 시작된 장거리 연애는 계절이 바뀐다고 저절로 해결될 리 없었다. 수정도 서울로의 이직을 생각한 적이 있었다. 전공을 살려 취직한 출판사 일에 그녀는 지쳐가고 있었다.

"언제까지 이 일을 해야 될까요?"

옆자리의 최 디자이너에게 종종 이야기했다.

"그래도 수정 씨는 젊잖아. 기회가 있을 거야."

"……기회가 있을까요?"

두 명의 자녀를 둔 최 디자이너는 자신이야말로 여기 말고는 출근할 곳이 없다고 답했다. 아이들 학원비, 생활비, 집 대출금 이자와 보험비 계산을 하면 정년이 끝나고도 파트타임으로 일해야 될 것 같다고 했다.

"그런 걱정 할 수 있을 때가 좋은 거야. 몸이 가볍잖아."

수정은 제 몸이 가벼운지 또다시 생각했다. 경력직으로 옮기기에도, 다시 신입 사원이 되기에도 어정쩡한 자신의 몸만 떠올랐다. 새롭게 출발하지도, 이 일에 충분히 익숙해지도 못하는 상황이 무겁게만 느껴졌다. 내가 무언가를 잘못하고 있는 걸까, 누구의 잘못이 아닌데 왜 이렇게 흘러가야 되는지…… 말줄임표가 물음표가 되고, 느낌표로 바뀌는 동안 수정은 플래너에 버킷리스트를 만들며 스스로를 설득했다. 조금만 더, 조금만 더. 버킷리스트 1위는 부동이었다. 수정이 꼭 이루고 싶은 그것을, 이번 서울행에선 민우와 나눠보기로 결심했다.

3. 커피와 버터쿠키

오전부터 시작된 회의는 점심시간까지 이어졌다. 그동안 정리한 데이터와 기획안을 나누고, 윤지형, 우 대리, 민우 순으로 프레젠테이션을 했다. 민우는 말을 할수록 몸속의 수분이 빠져나가는 느낌이었다. 눈 아래로 다크서클이 콜롬비아산 원두처럼 새까맣게 박혔다. 타닥타닥 소리를 내며 타들어갔다.

"이렇게 해서 다른 업체랑 차별성이 있겠어요? 이런 기획서나 써 오라고 법카로 커피 사는 게 아니란 말입니다. 그 정도 마셨으면 양심상 새로운 거 하나씩은 써 와야지. 진정성 없는 문구에 어느 소비자가 반응하겠냐고요?"

권 이사가 끓는점에 도달한 커피포트처럼 씩씩거렸다.

"진짜 나 때는 이런 기획 상상도 못 했다고. 여러분들은 시대 잘 타고난 줄 아세요. 다음 회의까지 세 개 이상 기획물 써 오고…… 자, 심기일전하는 마음으로 마십시다!"

권 이사가 회의실 모퉁이에 쌓여 있는 택배 상자를 가리켰다. 우 대리가 박스 하나를 개봉해 내용물을 꺼냈다. 초록색 캔 커피가 여섯 개씩 묶여 있었다. 따각. 권 이사가 캔 뚜껑을 땄다. 따각, 따각따각 소리가 연이어 회의실에 퍼졌다.

"마음을 울리면!"

"광고 스킵 안 한다!"

권 이사가 선창하자 팀원들이 후창했다. 맥주잔을 들듯 초록색 캔을 머리 위로 높이 들어올렸다. 권 이사가 원샷하자 사원들이 파도타기를 하듯 커피를 마셨다. 민우는 폭탄 돌리기 게임을 하는 심정으로 차례를 기다렸다. 마시는 척하고 캔에 뱉을까, 아니면 텀블러에 부어 마신다고 둘러댈까. 대안을 결정하기 전에 순서가 돌아왔다. 까맣고 진한 액체가 목구멍을 지나 식도를 타고 내려갔다. 오늘밤도 잠은 다 갔네. 민우의 위와 소장, 대장에 카페인 블록이 쌓였다. 숨을 뱉자 농도 짙은 원두 향이 퍼져나갔다.

"안주 대령입니다."

우 대리가 쇼핑백에서 동그란 철제 케이스를 꺼냈다. 꽃무늬 박스 안에 황갈색 쿠키가 들어 있었다. 진한 버터 향이 코끝을 자극했다.

"커피랑 최고 궁합이라는 홍콩산 쿠키입니다. 여러분을 위해 특별히 S백화점 강남점에서 사 왔어요. 권 이사님 먼저 하나 드시고요. 지형 씨도 자…… 민우 씨도 하나 먹어봐. 부산에선 이런 거 못 먹어봤지?"

민우가 쿠키를 집으려다가 손을 떼었다. 또 시작이군. 우 대리는 무슨 말을 할 때마다 민우가 지방에서 온 것을 명함처럼 내밀었다. 처음에는 서울살이가 낯선 민우를 배려하는 말인 줄 알았는데 계속 듣다보니 노골적으로 민우와 자신을 구별 짓는 말이었다. 민우보다 일 년 먼저 입사한 우 대리는 서울 출생으로 수도권 소재 대학교를 졸업했다. 학교 이름과 성적, 토익 점수를 공식적으로 적은 이력서와 얼굴을 공개하고 치르는 면접을 통과해서 입사했다. 그런 점에서 우 대리의 '라떼는 말야'는 권 이사와는 또다른 맥락으로 사용되었다.

"해운대에 세계에서 가장 큰 백화점이 있는데요. 거기에 매장이 있을 것 같습니다."

S백화점 강남점보다 더 큰 백화점이 부산시 해운대구 센텀남대로에 있었다. 백화점 벽면에 걸린 대형 걸개에는 '세계에서 가장 큰 백화점'이라는 문구가 적혀 있었다. 그 정도 규모의 백화점이라면 홍콩쿠키가 있을 게 분명했다.

민우가 버터쿠키를 베어 물었다. 부산 운운하는 소리 쫌 고만하라고! 쿠키가 모래 알갱이처럼 잘게 부서졌다. 모래 알갱이가 진흙이 될 때까지 씹고 씹었다.

"그래요? 근데 민우 씨 본가가 해운대였어요? 바닷가 근처라는 얘긴 못 들은 것 같아서."

우 대리가 민우의 옆구리에 펀치를 날렸다. 정말 궁금해서 묻는다는 표정으로 민우를 빤히 쳐다봤다. 답이 없는 민우를 보고는 아몬드쿠키 두 개를 날름 집어 먹었다. 와그작와그작. 와그작— 아몬드 씹히는 소리가 민우의 귓가에까지 또렷하게 들렸다.

"대리님도 본가가 강남 아니시잖아요. 지하철 타고 가서 쿠키 사 오신 거 아니세요?"

예상치 못한 잽을 날린 건, 조용히 쿠키와 커피를 먹고 있던 윤지형이었다. 그 말에 우 대리의 얼굴이 블랙커피처럼 검게 변했다. 민우가 고개를 돌려 윤지형을 바라봤다. 윤지형이 두 눈을 반달 모양으로 만들며 씽긋, 웃었다.

"매번 이렇게 도움받네요."
민우가 옥상 휴게실에서 말했다.
"뭘요, 우 대리님 말씀하시는 게 얄미워서 그런 걸요."
8차로를 따라 차들이 줄지어 흘러가고 있었다. 빨간불에 똑같이 멈췄다가 초록불이 되자 다시 똑같이 움직였다. 망설임 없이, 기계적으로 정확하게 이동했다. 저렇게 흘러간 차는 어디에 닿을까, 저렇게 움직이는 사람들은 모두 튼튼한 날개를 가지고 있을까? 민우는 난간 아래로 펼쳐진 서울의 낮 풍경을 바라보며 생각했다. 도로 위의 값비싼 차들이 한낮의 태양보다 뜨겁게 불타올랐다.
"한양 살던 양반처럼 말끝마다 그러잖아요."
윤지형이 추가 설명을 붙였다.
"진짜 웃긴 게 뭔지 알아요? 순천에서 왔다고 하면 몇 살부터 서울에서 살았냐고 물어요. 스물여섯 살이요, 라고 했더니 사투리를 안 써서 스무 살부터 사신 줄 알았어요, 라는 거 있죠?"
민우도 경험한 일이었다. 본가가 지방인 이들에게 몇 살부터 서울에 살았느냐는 질문은 인$_{in}$서울 대학 출신이냐를 돌려 묻는 거였다. 그런 말을 들을 때면 차라리 우 대리처럼 노골적으로 묻고 표현하는 게 낫겠다는 생각마저 들었다. 호기심과 배려를 가장한 돌려 말하기가 듣는 사람을 더 화나게 만들었다.

"이거 드세요. 속 쓰릴 때 좋대요."

윤지형이 파우치에서 비닐 지퍼팩을 꺼냈다. 양배추즙 다섯 개가 들어 있었다.

"이런 거 안 줘도 되는데……"

민우가 두 손으로 지퍼팩을 받았다. 위와 소장, 대장에 붙어 있던 카페인 알갱이 위로 양배추즙이 녹아드는 것 같았다. 클리어 버튼을 누른 것처럼 카페인 블록들이 한두 줄씩 사라졌다. 쓰리고 따갑던 소화기관에 단단하지만 부드러운 치트키가 생긴 느낌이었다.

"동기 좋다는 게 뭐예요. 이번 프로젝트만 무사히 넘겨보자고요."

윤지형이 옥상 아래로 시선을 던졌다. 민우를 보지 않고 무심한 듯하면서, 무심하지 않은 말투로 말했다. 민우가 고개를 돌려 윤지형의 옆모습을 바라보았다. 하얀 얼굴에 낮은 콧대, 작은 귓불에 붙어 있는 강아지 모양의 분홍색 귀고리, 짙은 갈색의 단발머리. 바람이 불자 생머리가 윤지형의 뺨과 이마 위로 흩날렸다. 어디선가 달콤한 바닐라 시럽 향이 나는 것 같았다. 다량의 카페인을 섭취한 것처럼 심장이 뛰고 얼굴에 열이 올랐다. 스스로의 모습에 당황한 민우가 얼른 양배추즙 하나를 뜯어 마셨다.

4. 에스프레소

서울역으로 가기 전, 수정은 광화문 K문고로 향했다. 월요일 오전 시간의 서점은 조용하고 한산했다. 베이지색 책장과 실외보다 조도가 살짝 낮은 조명, 독서를 하거나 작업을 할 때 방해되지 않을 잔잔한 음악이 서점 안을 감쌌다. 끝이 보이지 않을 만큼 공간이 넓은데도 황량하다는 느낌이 들지 않았다.

수정이 신간 코너로 가서 최근에 책임편집한 책을 찾았다. 발행된 지 이십 일이 안 된 신간이었지만 책이 보이지 않았다. 검색대에 제목을 입력하니, 위치는 'D구역―한국소설' 코너라고 떴다. 한국소설 칸으로 이동했다. 아이보리색 표지에 파란 윤곽으로 여자의 뒷모습을 그린 표지를 찾아야 했다. 책은 부산에서 활동하고 있는 삼십대 소설가의 첫 단편소설집이었다. 모처럼 수정이 기획서를 제출하고, 저자를 만나 계약·편집까지 했다. 책 유튜브나 독서 인스타그램 계정에서 언급이라도 해주면 좋을 텐데. 일단 SNS상에서 소문이 나면 판매량이 어느 정도는 오를 것 같았다. 책임편집자로서 내용과 완성도는 자신이 있었지만, 아무래도 작은 출판사의 특성상 홍보가 문제였으니까.

한국소설과 한국시 코너를 전부 훑어봐도 책이 보이지 않았다. 숨은그림찾기라도 하듯 다시 책꽂이를 하나하나 짚었다. 책은 한국문학과 해외문학 경계에 있는 작은 책장의 가장 아래 칸 왼쪽 끝에 꽂혀 있었다.

수정은 입을 굳게 다문 채 표지를 바라봤다. 책장을 펼쳐 인쇄 상태를 확인하고, 마지막 장에 적힌 발행 날짜와 책임편집자를 확인하고 싶었는데. 책이 놓인 장소를 보고 있으려니 눈앞이 뿌옜다. 비가 오지도 햇볕이 내리쬐지도 않는 낮은 하늘에, 희지도 검지도 않은 구름이 자리한 것 같았다. 차라리 비가 쏟아지면 시원할 텐데, 햇볕이 작열하면 덥기라도 할 텐데…… 이 많은 책 중에서, 이토록 넓은 공간에서, 그 책이 있는 곳이 어디인지 자꾸만 둘러보고, 돌아보고, 되묻게 되었다.

전날 민우와의 대화도 그랬다. 한 달 반 만에 본 민우는 회사 일로 바쁘다며 툴툴거렸다. 불면증 때문에 온몸이 물에 젖은 솜인형처럼 무겁다고 했다. 누군가와 카톡을 주고받으면서 수정에겐 입만 움직였다.

"오랜만에 우리 영화라도 보면 어떤노. 씨네큐브 가보고 싶은데."

수정이 데이트 장소를 나열하며 분위기 전환을 위해 노력했다.

"씨네큐브는 무슨. 넷플로 드라마나 보자. 아니면 애플TV 볼래? 이번에 가입했거든."

"그래도 주말인데 방에만 있으면 그렇잖아. 나가서 놀자니까."

스마트폰을 손에서 내려놓은 민우가 가방에서 양배추즙을 꺼내서 뜯어 마셨다. 비리고 역한 냄새에 수정이 인상을 찌푸려도 아랑곳하지 않았다. 리모컨으로 넷플릭스에서 방영하는 한국 드라마를 찾을 뿐이었다.

"드라마 보기 싫다고."

"예능 볼래?"

"싫다고. 나가자니까."

"나가면 돈이 얼마나 드는 줄 아나? 니가 몰라서 그렇지 서울 물가 장난 아이다."

"니가 언제부터 서울에 살았따고 서울 사람인 것처럼 말하는데."

"그게 아니라 현실을 쫌 보란 말이다. 여기 아파트값이 얼만 줄 아나? 부산 집값 생각하면 안 된다꼬. 그 돈으로 여기 원룸 전세도 못 구한다."

민우의 마지막 말이 기폭제가 되었다. 결국 수정이 묻어두었던 진심을 터트렸다.

"그래, 말 나온 김에 나도 한번 묻짜. 니는 그 돈 모아서 어디서 살 껀데. 계속 서울에 살 꺼가? 우리 언제까지 이렇게 장거리 연애 해야 하는데. 결혼을 하든지 헤어지든지 둘 중에 하나만 하자. 내도 이 짓 못 해먹겠따고!"

민우와 수정 사이에 틈이 생기고 있었다. 손톱만하던 틈이 검지만해지더니 어느 순간, 팔 길이만큼 벌어졌다. 다시 간격은 수정의 키만큼 넓어졌다. 서울-부산의 거리에다 두 사람이 떨어져 있던 시간들을 곱한 수만큼 틈이 벌어져버렸다.

이 말을 하려던 게 아닌데. 버킷리스트 1순위는 아직 꺼내지도 않았는데. 민우를 못 믿는 것도, 제 사랑을 의심하는 것도 아니었다. 그럼에도 기약 없는 장거리 연애와 미래는 수정을 지치게 만들었다. 민우의 이야기를 듣고 싶었다. 자잘한 일상을 공유하고 별거 아닌 일에 화를 냈다가 다시 까르르 웃는. 회사생활의 어려움을 토로하다가 월급 날짜를 세어보며 마음을 다잡는. 평범한 생활과 감정, 눈빛과 온기들을 나누고 싶었다. 수정의 외침에도 민우는 대답 없이 프로그램 검색만 했다. 에스프레소 원액을 마신 것처럼 수정은 마음이 쓰렸다.

수정이 책장을 펼쳐 작가의 말을 읽었다. 마지막 장으로 넘겨 책임편집란에 쓰인 자신의 이름을 확인했다. 종이 위에 납작하게 인쇄되어 있는 이름을 손가락으로 천천히 만졌다. 음각으로 판 듯 이름이 아래로 떨어지는 것 같았다. 밀랍 날개도, 종이 날개도 없이 추락했다. 수정이 책을 들고 신간 코너로 걸어갔다. 전면 책장의 가운데에 소설책을 올려놓았다. 직원이 보면 곧바로 정리하겠지만, 아주 잠깐만이라도 그 자리에 있고 싶었다.

부산행 KTX 열차 안에서 수정은 민우에게 장문의 메시지를 보냈다. 첫 마음을 나누던 시절처럼 공들여 썼다. 메시지를 전송하고 스마트폰의 전원을 껐다. 시트에 등을 기대고 눈을 감았다. 기차가 남쪽을 향해 전속력으로 달렸다.

5. 다시, 캔커피

그 시각 민우는 열다섯번째 회의중이었다. 드디어 권 이사의 마음을 사로잡은 시안이 나왔다. 주류회사와 광고사, 소비자의 눈과 귀를 움직일 진정성어린 광고 문구는 민우가 제출한 기획서에 있었다.

"맥주보다 부드럽게! 소주보다 진하게!"

권 이사는 이 문구야말로 듣는 이의 원초적 욕망을 자극하며, 커피보다 주류를 선호하는 소비자의 눈과 마음, 지갑까지 움직일 수 있는 전 지구적인 카피라며 극찬했다. 민우가 고개를 갸우뚱거리다가 곧바로 위아래로 끄덕였다. 원래 꿈보다 해몽이고, 베니스나 칸 영화제에서 상을 탄 예술영화일수록 평론가의 주석과 상찬이 큰 법이니까. 업계 경력이 쟁쟁한 권 이사의 촉이 맞다면 맞는 거겠지. 그렇게 생각하니 어깻죽지가 간질간질해지는 느낌이었다.

"부산 사나이의 진정성이 제대로 통했네."

권 이사가 한 번 더 민우를 추켜세웠다. 우 대리의 얼굴이 볶지 않은 생두를 씹은 것처럼 일그러졌다.

"앞으로 더 열심히 하겠습니다."

민우가 권 이사를 향해 허리 숙여 인사했다. 회의실 안의 모든 사람이 들을 수 있게 큰 목소리로 과장되게 말이다.

"수고했으니 한잔합시다."

권 이사가 책상 위에 올려져 있던 캔커피를 들었다. 뚜껑을 직접 따서 민우에게 건넸다. 캔을 든 민우의 두 손이 떨리기 시작했다. 아랫입술을 세게 깨물었다. 참아야 돼, 참아야 돼. 참아야 한다. 하지만 몸의 반응은 그러지 못했다. 초록색 원기둥만 봐도 파블로프의 개처럼 신물이 솟구쳤다. 뱃속이 마그마처럼 부글부글 끓었다.

"쭈욱 마셔요."

민우가 눈을 질끈, 감고 커피를 삼켰다. 아니다. 삼키려는 순간, 우웩! 하는 소리와 함께 입속에 있던 커피가 활화산같이 폭발했다. 위산과 침, 분비물이 검은 액체와 뒤섞여 책상 위로 쏟아졌다. 민우의 위와 장에 쌓여 있던 카페인 블록이 일제히 무너졌다.

"민우 씨, 괜찮아요? 커피도 못 마시는 사람이 왜 그렇게 무리를 해요!"

윤지형이 탕비실에서 두루마리 화장지와 손걸레를 챙겨서 뛰어왔다. 윤지형의 말에 우 대리와 권 이사가 물음표로 가득 찬 눈으로 민우를 쳐다봤다. 우웩! 커피가 용암처럼 또 솟구쳐 올랐다. 민우가 오른손으로 입을 막은 채 화장실로 뛰어갔다. 왼손에는 권 이사가 준 초록색 캔을 쥔 채로.

35층 옥상 휴게실에 민우가 서 있었다. 흰색 와이셔츠가 얼룩으로 엉망이었다. 목이 쓰고 따가웠다. 이번에도 윤지형은 나를 도와주기 위해 그런 걸까. 아니면 다른 의도가 있었던 걸까. 몸속 어딘가에 카페인 블록들이 다시 쌓인 것 같았다. 클리어 버튼이 필요한데, 치트키가 있어야 하는데. 하아. 머릿속의 회로가 엉망으로 꼬여버렸다.

권 이사님은 뭐라고 하셨을까. 이제 사실을 알아버리셨으니…… 정말 내 카피 문구에 진정성이 없다고 할까. 너무 높이도, 낮게도 날지 않았다고 자신했는데. 왜 밀랍 날개가 커피물에 녹아버렸는지 알 길이 없었다. 사무실 분위기를 알아보려고 윤지형에게 전화를 걸었다. 문자메시지와 카톡도 보냈다. 두 눈을 반달 모양으로 만들며 씽긋, 웃던 윤지형의 모습이 떠올랐다.

'카톡.'

민우가 서둘러 스마트폰을 들었다. 알뜰마켓 정기세일 광고였다. 빨간 동그라미 속에 숫자 5가 적혀 있었다. 손가락을 움직여 미확인 메시지를 열었다.

〔자기야, 긴 메시지를 오랜만에 보내는 것 같아.

예전에는 손편지도 자주 쓰고, 이벤트도 많이 했는데. 요즘 우리 둘 다 넘 바쁘다보니 많이 소홀했었네.

실은 이번에 꼭 하고 싶은 말이 있었어. 네 의견도 들어보고 싶었는데 말할 기회가 없었네…… 덕분에 내 결심이 단단하게 굳어졌어.

전부터 하고 싶은 일이 있었어.

부산에 가면 회사를 그만두고 독립출판사를 차릴 거야. 혼자서 모든 걸 해야겠지만, 그동안 배운 게 많으니까 해낼 수 있지 않을까 싶어. 그렇게 내 자리를 내가 만들어갈 거야.

그리고 하나 더 말할 게 있는데……〕

수정의 메시지를 읽고 또 읽었다. 마지막 문장을 읽을 때는 심장이 딱딱하게 굳으면서 멈춰버린 느낌이었다. 스마트폰을 쥐고 있는 민우의 손이 싸늘하게 식었다. 수정에게 전화를 걸었다. 전화기가 꺼져 있었다. 다시 걸었다. 꺼져 있었다. 문자 메시지를 보내고, 카톡을 보냈다. 음성 사서함에 메시지를 남기고, 인스타그램 dm까지 보냈다.

〔수정아, 연락 좀.〕
〔수정아……받아……〕
〔제발……수정아……〕

해가 지고 있었다. 서울의 낮이 밤으로 변하는 중이었다. 누군가가 커피 가루를 뿌리는 것처럼 사위가 어두워졌다. 8차로를 따라 차들이 줄지어 흘러갔다. 주저함이 없이 기계적으로 정확하게 움직였다. 입구와 출구를 알고 움직이는 사람들. 저들은 어디로 가는 걸까. 수정은 지금 어디쯤 있을까. 부산에 도착했을까, 아직 서울에 있을까. 사람들을 따라 움직이지도 못하고, 제 의지로 멈춰 서 있지도 못하는, 어정쩡한 자신의 모습만 그려졌다. 부산-서울 열차 선로의 어딘가쯤에 제가 앉아 있었다.

　민우가 들고 있던 초록색 캔을 찌그러트렸다. 납작하게 눌린 캔을 옥상 아래로 던졌다. 끝없이 떨어지는 초록색 캔. 그렇게 추락하는 캔을 민우는 한참 동안 바라보았다. 가로등에 불이 하나둘씩 들어왔다. 어두운 하늘 아래 주황색 불들이 일렁였다. 서울의 밤이 낮처럼 환해지고 있었다. ■

발령의 조건

―서울발 KTX 열차

서울역에서 출발한 기차가 서서히 속력을 내기 시작했다. 차창 밖으로 고층 빌딩과 회색 건물들, 크고 작은 자동차들이 멀어져갔다. KTX 열차가 한강 철교에 올라서자, 창밖 풍경을 보고 있던 혜주가 입을 열었다.

"우진 씨, 나 첫 발령 받고 서울에 왔을 때 말야. 부모님이 같이 오신다는데 안 된다고 하면서 트렁크 두 개 들고 혼자 이사했거든. 첫 독립이라서 처음부터 끝까지 내 힘으로 멋지게 해내고 싶었어. 그렇게 큰소리치고 기차를 탔는데 대구를 지나서 대전까지 오는 길이 얼마나 멀고 긴지. 그렇게 부산역에서 출발한 기차가 어느 순간 한강에 들어섰는데, 창밖으론 강물이 넘실거리고 그 옆으로 지하철이 지나가고, 저 멀리 햇빛을 받고 반짝이는 63빌딩이 보이는 거야. 그 순간 여기가 서울이구나, 내가 진짜 서울에 왔구나, 싶더라니까. 그뒤로 여기만 지나면 그때 생각이 나."

혜주는 이십대 후반의 사회 초년생으로 돌아간 듯 감상에 젖어 있었다. 한강을 보는 것만으로도 가슴이 두근거리며 뜻 모를 설렘이 출렁인다고 했다. 혜주에게 63빌딩이란 뉴욕에 도착한 이민자들을 반기는 자유의 여신상처럼 서울로 이주한 이들을 환영하는 상징물이었다. 건축주의 의도가 어떠했든, 혜주는 꽤 오랫동안 그렇게 생각해왔고, 같은 처지였던 우진도 비슷한 감정을 느꼈으리라 여겼다.

"그러게. 거실에서 한강이 보이는 아파트에 한 번쯤은 살았어야 했는데. 결국 못 해봤네."

아쉬움이 남는지 우진이 말끝에 쩝, 하고 입맛을 다셨다. 혜주가 기대한 반응은 아니었지만, 그녀도 곧 수긍했다. 한강을 떠올리면 누구나 마음 한구석에 품고 있을 낭만이자 희망사항이었다. 쩝, 쩝, 쩝쩝. 한 번으로 모자랐는지 우진이 연달아서 소리를 냈다. 적당히 지저분하면서 불쾌한 소리에 혜주는 순식간에 현실로 돌아왔다. 오늘 열차를 탄 목적을 상기하면서 코밑에 내려와 있던 마스크를 끌어올렸다.

"좀 알아봤어?"

"출퇴근이 편하려면 회사 근처인 문현동이 낫겠지? 자기도 알다시피 그동안 출퇴근 시간이 너무 길어서 힘들었잖아."

우진이 혜주의 눈을 지긋이 바라보며 말했다. 한강 아파트 운운할 때와는 정반대로 목소리가 촉촉이 젖어 있었다.

"자기 출퇴근 시간 생각하면 문현동이나 서면이 낫지…… 근데 애들 생각하면 좀 망설여져. 아무래도 거긴 번화가여서 학습 분위기 잡기가 그럴 것 같아서."

우진의 목소리가 더 촉촉해지기 전에 혜주가 얼른 의견을 내놓았다. 그의 말에 동의하면서도 아버지이자 어른인 우진이 자식들의 미래를 위해 출퇴근 시간을 양보해주길 바랐다.

"요즘 지방 사는 애들도 방학특강 들으려고 한 달 살기 하면서 대치동 학원 다녀. 우리가 그렇게까지는 못 해도 부산에서라도 애들 학군이랑 입시는 잡아야 하지 않을까?"

"아직 초등학교도 안 들어간 애들이 무슨 공부를 한다고 그래. 너무 유별나게 그럴 필요 없어. 우리 때는 그런 거 없이도 잘들 대학 가고 취업했잖아."

우진이 고개를 저으며 인상을 찌푸렸다.

"그때랑 지금이랑 같아? 그리고 자기도 졸업장 가지고 뭐라 하는 사람들 때문에 힘들어했잖아. 그것 때문에 회사 다니면서도 경영대학원 간 거고. 내가 자기 심정을 아니까 없는 생활비 쪼개서 대학원비 마련했잖아. 나도 회사 다닐 때 경험한 일이니까. 그래서 내가 더 이러는 거야. 내 새끼는 무조건 인서울 대학 보내려고."

마스크를 쓰고 있었지만 혜주의 목소리는 정확하고 또렷했다. 이것만큼은 양보하지 않겠다는 듯 다부진 눈빛이었다. 듣고 있던 우진의 인상이 한결 부드러워졌다. 자식들에겐 동일한 경험을 대물림하지 않겠다는 혜주의 태도에 안도했고, 쉽게 감동했다. 비록 한강과 63빌딩의 추억은 공유하지 못했으나, 첫 직장과 졸업장에 얽힌 쓰라린 경험은 쉽게 공감할 수 있었다.

마흔이 넘은 지금이야 학벌보다 중요한 게 많다는 걸 알지만, 삼십대 초반까지만 해도 그 영향력에서 자유롭지 못했다. 회사에는 학교 이름과 전공을 들먹이며 모욕을 주는 선배가 있었고, 술자리에서는 저들끼리 쉬쉬하며 은근히 얕보는 동기들이 있었다.

하지만 무엇보다 힘들었던 건 회사생활의 고단함과 타지생활의 외로움을 함께 나눌 지인이 없다는 거였다. 사내 동아리나 외부 모임을 통해 인맥을 넓히는 사람도 있었지만, 내성적인 성격의 우진에게는 많은 에너지를 필요로 하는 일이었다. 부산, 울산, 창원, 통영으로 흩어진 친구들을 그리워하며 우진은 수도권에 있는 대학을 다녔으면 어땠을까, 하는 생각을 종종 했다. 스무 살은 친구를 사귀기 쉽고, 조금 서툴거나 부족해도 이해받기 쉬운 나이였으니까. 그런 우진이었기에 소개팅에서 만난, 대학 동문인 혜주와 결혼까지 했는지도 모르겠다.

"그러면 이번 기회에 차나 바꾸는 건 어떨까?"

우진이 슬그머니 말머리를 돌렸다. 중형 세단이나 국산

SUV를 사서 주말마다 근교 캠핑장에 가면 어떻겠냐고 했다. 혜주가 풉, 소리 내어 웃었다. 이토록 쉽고 간단하게 본심을 드러내다니. 그런데 회사생활도 이렇게 순진하게 한 건가. 우진을 바라보는 혜주의 마음에 상반된 감정이 동시에 일었다.

—발령

한 달 전, 일찍 퇴근한 우진은 피곤하다며 곧장 안방으로 들어갔다. 혜주가 뒤따라가서 보니 베개에 얼굴을 파묻고 누워 있었다.

"자기야, 무슨 일 있어?"

우진이 침대 끝에 등을 구부정하게 말고 앉았다.

"오늘 오후에 팀장님이 갑자기 호출을 하는 거야. 첫 말씀이 부모님 건강하시냐고. 그래서 아버지가 고관절 수술 후유증으로 요양병원에 입원하셔서 어머니가 일주일에 두세 번씩 면회 가신다고 했지. 그랬더니 어머니가 혼자서 많이 힘드시겠다면서 대뜸 아들 노릇 할 기회를 주겠대."

여기까지 말한 우진이 고개를 떨궈 안방 바닥을 쳐다봤.

"그게 무슨 뜻이야? 아들 노릇 할 기회라니?"

"부산으로 돌아가서 부모님 보필하면서 회사생활 하라고. 이번에 부산 지사가 생기는데 나보고 내려가래. 다른 사원들보다 부산이 익숙하니까 창립 멤버로 적임자라면서."

발령의 조건 73

이야기가 예상하지 못한 방향으로 흘러갔다. 뒷말을 기다리지 못한 혜주가 말허리를 자르며 소리쳤다.

"무슨 말도 안 되는 소리야! 그 일을 가장 잘할 수 있는 사람이 책임자가 되어야지. 고향이니까 가라니. 그리고 엄밀히 말하면 자기는 대학만 부산에서 다녔고, 창원이 고향이잖아. 시어른들 전부 창원에 계시잖아!"

"내가 그렇게 말해도 팀장님이 다 같은 경상도 아니냐면서 못 알아듣더라. 경기도에서 광화문으로도 출퇴근하니까 창원이랑 부산도 그렇게 생각하나 봐."

혜주는 말을 듣는 것만으로도 머리가 지끈거렸다. 부산 발령이라니! 십 년이 넘는 기간 동안 서울 사람이 되기 위해서 얼마나 아등바등 살았는데. 이제는 학창 시절을 보낸 고향보다 서울살이가 훨씬 편하고 익숙한데. 아이들 역시 여기서 태어나서 자라고 있는데.

말을 마친 우진은 혼이 난 아이처럼 발끝을 가지런히 모으고, 등을 더 동그랗게 만 채 앉아 있었다. 팀장 앞에서도 저런 모습이었을 우진을 상상하니 혜주는 부아가 치밀어올랐다. 대거리 한번 제대로 못 했을 그가 측은하면서 답답했다.

그렇게 부산행이 정해졌다.

아이들 교육을 생각해서 혜주가 서울에 남아 주말부부로 지내는 방법도 고려했었다. 하지만 우진의 월급만으로 두 집 살림을 꾸리기엔 빠듯했다. 혜주가 재취업을 진지하게 고민했지만, 주말부부를 하면서 직장까지 다닐 엄두가 나지 않았다. 실질적인 계산에서도 아이 두 명에 대한 육아도우미 비용이 혜주의 월급보다 많았다.

─발령의 조건

"시세 차이가 있으니까 우리집 팔면 남는 게 있을 거 아니야. 그걸로 나도 뭐 하나 사보자. 이때 아니면 언제 차를 바꿔보겠어."

마스크를 쓰고 있어도 우진의 목소리가 또렷했다. 이것만큼은 무조건 사수하겠다는 의지에 차 있었다.

두 사람에겐 오 년 전 '영끌'해서 산 21평형 아파트가 있었다. 거실에서 한강은커녕 맞은편 동의 베란다만 보이는 복도식 건물에, 주택담보대출 한도를 최대로 받은 집이었지만, 분명한 건 '서울특별시' 소재 아파트라는 거였다. 창원과 부산에 계신 양가 부모님들이 서울에 그런 동네가 있냐고 전화기 건너편에서 물었다. 우진은 창원에 성산구, 대구에 수성구, 부산에 해운대구만 있는 게 아니지 않느냐며 반문했다. 서울에 살아본 적도 없는 부모님이 서울 사정을 얼마나 아냐며 도리어 큰소리를 냈다. 정작 내 집 마련을 축하하는 회사 동료들에게는 아파트 이름과 지역을 얼버무렸으면서.

"나는 애들 방 분리해서 놀이방, 침실로 쓰다가 초등학교 입학하면 공부방으로 바꿔주고 싶어. 자기야, 이번 기회에 결혼할 때 산 가전, 가구 다 버리고 새로 사는 건 어떨까? 매트리스도 내려앉았고, 책장도 뒷면 합판이 다 휘어졌어. 그리고 이것 좀 봐봐. 이게 요즘 유행하는 인테리어인데……"

혜주가 스마트폰에 저장해둔 아이 방 사진, 빈티지 소품을 이용한 레트로풍 인테리어 사진을 보여줬다. 아이보리색 벽지에 원목 가구들을 아이 눈높이에 맞게 배치해놓았다. 빨갛고 파란 단색의 장식품들이 포인트였다. 혜주는 이렇게 심심한 듯하면서 자극점이 있는 공간이 아이들의 상상력과 창의력을 자극한다며, 뇌과학자 엄마의 유튜브 강연에서 들었다고 말했다. 사진을 넘기자 식물로 가득찬 베란다가 나타났다. 전염병으로 집에 머무는 시간이 길어진 현대인을 위해 홈가든, 플랜테리어가 각광받는다고 설명했다. 우진이 초록색 식물이 가득한 환경이 아이들 정서와 심리에도 도움이 될 것 같다며 추임새를 넣자, 혜주가 고개를 끄덕이는 것으로 화답했다. 두 사람이 눈을 맞추며 웃었다. 마음과 마음이 빈틈없이 들어맞는 느낌이었다.

어차피 발령이 났고 퇴사를 하지 않을 거라면 부산행의 장점을 찾는 것이 이로웠다. 서울보다 싼 물가와 집값은 우진과 혜주의 삶을 윤택하게 해줄 것이다. 그리고 조금 더 나은 경제적, 물리적 환경은 마음의 안정과 행동의 여유로 이어질 거다. 우진과 혜주의 변화된 모습은 선순환되어 자녀들에게도 긍정적인 영향을 끼칠 거였다. 두 사람은 서울생활에서 누리지 못했던 것을, 어쩌면 사치이자 낭비라고 생각했던 감정과 태도까지, 지방에서는 누릴 수 있을 거라는 막연한 희망에 차 있었다.

혜주는 그러한 기대가 서울특별시민을 포기하는 대가로 얻게 되는 보상이지 않을까, 하고 생각했다. 그것들이 있어야 자신들의 부산행이, 혜주가 남편에게 차마 묻지 못했던 좌천이 아니라 합당한 이유가 있는 발령이라고 받아들일 수 있을 것 같았다.

"나는 강보다는 바다인 것 같아. 거실에서 바다가 보이는 집에 한 번쯤 살아봐야지."

우진이 어깨를 으쓱였다. 드디어 결심이 선 듯 초록색 창을 열어 검색에 들어갔다.

부산, 오션뷰, 학군, 브랜드 아파트, 편리한 교통, 편의 시설.

가족이 원하는 모든 조건을 충족시킬 수 있는 지역이 바로 그곳이었다.

혜주의 손가락도 덩달아 바빠졌다. 부산역에 도착하기 전에 해당 아파트를 찾아 부동산에 연락하기로 했다.

─부산행 KTX 열차

열차가 대전을 지나 동대구역에 도착했다. 캐리어를 들고 배낭을 멘 승객들이 몰려들었다가 빠져나갔다. 누군가 틀어놓은 유튜브 영상의 소리가 소음처럼 퍼졌다. 혜주와 우진은 말없이 인터넷 검색중이었다. 가끔씩 아…… 씨…… 이런…… 제길…… 하는 말을 독백처럼 내뱉었다. 필수 검색어가 확실한데 검색을 하면 할수록 무언가가 조금씩 맞지 않았다. 틈이 생기고 뒤틀렸다. 거센 바닷바람이 불어왔다. 점점 커지는 구멍을 보며 혜주의 얼굴이 백사장의 모래처럼 하얗게 질렸다.

구멍을 메우고 검색어를 완성하는 일은 의외로 단순했다. 서울에서 집을 살 때 사용했던 핵심 키워드를 그대로 부산에 적용하면 됐다. 그럼에도 불구하고 지방에는 어느 것도 양보하지 않고, 어떤 것도 포기하지 않아도 되는 방법이 있을 것만 같아서, 두 사람은 손가락이 뻐근해질 때까지 검색을 멈추지 않았다.

"뭐 좀 찾았어?"

우진이 물었다.

"말 시키지 마."

혜주가 스마트폰에 시선을 고정한 채 대답했다.

〔언니, 집 잘 보고 와요. 부산으로 이사라니…… 정말 좋겠어요! 담에 우리 가족 부산 여행 가면 꼭 재워주세요 ^-^〕

같은 아파트에 사는 연우 엄마에게서 온 메시지였다. 아이들이 유치원에서 하원하면 연우 엄마가 돌봐주기로 했다. 감사 선물도 챙겨야 하는데 뭐가 좋을까? 근데 부산 여행이라…… 연우 엄마를 비롯해 부산행 소식을 알게 된 지인들에게도 괜찮은 집을 골랐다는 말을 하고 싶었다. 해운대의 쨍한 바다를 떠올리는 이들에게, 그에 어울리는 휴양지 같은 집을 자랑하고도 싶었다. 바라는 것이 많아질수록 검색을 위한 핵심 키워드는 좀처럼 줄지 않았다.

"이번 역은 열차의 종착역인 부산역, 부산역입니다."

마침내 기차가 부산역에 도착했다. 우진과 혜주가 자리에서 일어나 가방을 챙겼다. 승객들 사이에 섞여서 부산역 밖으로 나왔다. 널따란 광장에선 마이크를 잡은 사람과 피켓을 든 무리가 시위를 하고 있었다. '외국인 노동자의 생존권을 보장하라', '가덕도 신공항 유치 공약을 이행하라!', '노인과 바다, 부산 경제 이대로 둘 수 없다!'. 깃발과 피켓들이 만국기처럼 펄럭였다. 스피커를 통해 들려오는 악센트 강한 사투리가 생경했다.

두 사람은 광장을 가로질러서 버스 정류장으로 갔다. 실시간 버스 안내도를 들여다봤다. 문현동, 사직동, 대연동, 좌동, 화명동…… 수많은 지명이 부풀어올랐다가 터졌다. 어디로 가야 하나. 결정을 못 한 혜주가 안내도만 뚫어지게 쳐다봤다. 세 걸음 떨어져 서 있는 우진도 같은 표정이었다.

강한 햇빛에 눈이 부셨다. 혜주가 고개를 숙였다가 천천히 들었다. 부산역 앞 산복도로에 오래된 집들이 빽빽하게 줄지어 있었다. 낮은 지붕 위에 빨갛고 파란 물탱크가 앉아 있었다. 물탱크들은 유리구슬처럼 반짝였다. 바람이 불자, 수십 개의 유리구슬이 부딪치며 찰랑찰랑 물소리를 만들어냈다. 물소리에서 비릿한 냄새가 났다. 코끝을 자극하는 그 소리가, 두 사람의 부산행을 예고하는 은밀한 전주곡처럼 들렸다. 혜주는 다음 버스가 올 때까지 가만히 그 소리를 듣고 있었다. 이제는 되돌릴 수 없는 무언가가 시작되었다는 느낌이 들었다. ■

안평

"얼마나 더 가야 해?"

허리를 돌려 버스 뒷자리에 앉은 은하를 불렀다. 앞으로 내가 살게 될 집이 어디에 있는지, 너는 답을 알지 않냐며 에둘러 물었다.

"바로 앉아. 코너 돌 때 넘어져."

그렇게 말하는 은하는 조금 전까지 내가 취했던 자세와 동일한 모습을 하고 있었다. 등받이에 엉덩이와 허리를 깊숙이 붙이고 앉아, 한 손으론 의자 손잡이를 꽉 잡았다. 통로 쪽으로 뻗은 손은 보라색 캐리어에 닿아 있었다. 버스가 오르막길과 내리막길을 오갈 때마다 바퀴 달린 28인치 캐리어도 덩달아 춤을 췄다. 캐리어가 도망갈까 싶었는지 은하가 가방 손잡이를 더욱 단단히 붙들었다.

나는 제자리로 돌아앉았다. 은하의 표정과 태도만으로 답을 알 수 있었다. 그럼 그렇지, 너도 모르는구나. 지금의 상황을 나보다 더 낯설어하는 은하를 보니 묘한 안도감이 들었다. 그러다 은하가 집의 정확한 위치를 알고 미리 알려주었다 한들 뭐가 바뀌었을까 하는 의문이 들었다. 집의 상태나 주변 환경과 상관없이 내겐 선택권이 없었고, 나는 굶주린 짐승처럼 어떤 것이든 덥석 물어야 했으니까.

경사로를 힘차게 올라간 버스가 종점에서 멈췄다. 출입문이 열리자 승객들이 몸을 일으켰다. 여태껏 무표정으로 일관하던 기사가 운전석에서 일어나 다가왔다.

"제가 할게요, 어르신."

기사는 하얗게 머리가 센 승객의 시장바구니를 받았다. 익숙한 태도와 몸짓으로 탑승객의 짐을 차례대로 옮겼다. 승객들 역시 이런 서비스와 배려가 당연하다는 얼굴로 느릿느릿 뒷문으로 내렸다. 나와 은하가 마지막으로 하차했다.

"이거 138번 시내버스 맞아? 서비스가 거의 리무진급인데?"

은하가 두 눈을 동그랗게 뜨며 말했다. 나는 한쪽 눈을 찡긋하는 것으로 맞장구를 쳤다. 나와 은하를 제외하고, 종점에서 내린 승객 전부가 육칠십대로 보였다. 허리를 반쯤 구부린 노인이 낡은 천 가방을 둘러메고 어기적어기적 걸어갔다. 바퀴가 달린 장바구니를 보행 보조기처럼 밀며 걸어가는 이와 유행이 지난 등산복을 입고 머리를 까맣게 염색한, 젊은 노인도 있었다.

"여기서 더 가야 해."

구글맵을 살펴본 은하가 앞장서서 걸었다. 차도와 인도의 경계가 흐릿한 길이 산으로 이어져 있었다. 그 길을 중심으로 고르지 않은 골목들이 마치 모세혈관처럼 펼쳐졌다. 창문이 작은 집들이 촘촘히 모여 있었다.

나는 은하의 발뒤꿈치를 보며 걸었다. 국토대장정에 참석한 단원처럼 걷는 데 집중했다. 등과 겨드랑이가 땀으로 축축했다. 백팩의 어깨끈이 자꾸 흘러내려서 가슴 앞의 버클을 잡아당겨 채웠다. 그러자 가방이 몸에 더 단단하게 밀착되었는데, 마치 나선형의 껍데기를 짊어진 달팽이가 된 느낌이었다. 캠프가 끝나면 집으로 돌아가는 단원이 아니라 집을 지고 평생을 옮겨 다니며 사는 손톱만한 연체동물 말이다.

"손님, 목적지에 무사히 도착하셨습니다. 이상으로 내비게이션을 종료하겠습니다."

은하가 로드뷰를 보며 두 손으로 한 집을 가리켰다.

페인트칠이 벗겨진 철문과 빈 명패, 잿빛의 시멘트 벽돌을 쌓아올린 담이 보였다. 그 담을 지지대 삼아 어지럽게 뻗은 담쟁이덩굴, 잡초가 무성한 마당. 그리고 빨간색 슬레이트 지붕의 단층집. 그 너머 가을 산이 붉고 노랗게 물들어 있었다.

"오랫동안 비어 있어서 썰렁하기는 할 거야. 그래도 공기가 좋고 층간 소음도 없어서…… 네가 쓴다고 아버지 회사분들이 전기랑 가스도 다시 연결해주셨대. 예전 집만큼 편하지는 않겠지만 당분간 지내기는 괜찮을 거야."

은하가 내 표정을 살피며 말했다. 내가 기분 나빠하지 않는지, 자존심을 다친 건 아닌지, 공짜로 집을 제공하면서 전전긍긍했다. 다정한 배려와 세심함은 은하의 강점이자 특기였다. 상대의 표정과 목소리에 예민하게 반응하고 거기에 맞춰 행동했다. '그 일'이 일어난 이후, 은하의 입에서 도영이 사라진 것도 같은 맥락이었다. 도영은 처음부터 존재하지 않던 인물처럼 나와 은하의 대화에 등장하지 않았다. 그것이 나를 배려하는 은하만의 방식이라는 것을 알면서도 나는 은하가 좀더 철저하게 나를 배려해주길 원했다. 은하의 서툰 배려와 마음 씀씀이가 내겐 고스란히 읽혔고, 나를 보호하는 은하를 다치게 하지 않기 위해서 나는 역설적으로 내 감정과 태도를 속여야 했으니까 말이다.

"이 정도면 충분해."

최대한 태연하게 말했지만 내 말투가 어색하다는 걸 느낄 수 있었다. 은하가 다른 말을 덧붙일까 싶어서 나는 한 발짝 앞서 철문을 밀었다. 문고리를 잡은 손에서 쇠냄새가 났다. 은하가 캐리어를 들고 철문 턱을 넘었다. 가방 안에는 내 물건들이 가득했다.

집안은 싸늘했다. 먼지인지 곰팡이인지 정체를 알 수 없는 입자가 공중에 떠다녔다. 오래 비워진 집에서 나는 건조하고 탁한 냄새가 벽지와 바닥에 배어 있었다. 생활의 온기가 삭제된 냄새였다. 은하가 코를 막고 급하게 창문을 열었다.

나는 집안을 둘러봤다. 직사각형의 방 두 개와 욕조가 없는 화장실, 문짝 하나가 떨어진 싱크대와 작은 거실이 보였다. 벽지는 색이 바래 누렇게 떴고, 바닥에는 그와 비슷한 색의 종이 장판이 깔려 있었다. 천장에는 끝이 그을린 백색 형광등이 매달려 있었다. 안방으로 보이는 방에는 방 크기에 비해 유난히 큰 자개농이 놓여 있었다. 같은 디자인의 좌식 화장대도 눈에 걸렸다. 인테리어를 거론할 수 없는 상황인데도 이 집이 전에 살던 5층 빌라보다 크고 넓었다. 마냥 좋다고 웃을 수도 얼굴을 찌푸릴 수도 없는 상황에 입맛이 썼다.

나는 수건을 꺼내 바닥과 화장대를 닦았다. 은하가 물티슈를 들고 쫓아왔다.

"이 집은 왜 사신 거야? 살지도 않으시면서."

트래블 파우치를 화장대로 옮기며 물었다.

"이 마을이 재개발, 재건축 된다는 말이 있어서 아빠가 예전에 투자 삼아 사놨대. 오는 길에 본 것처럼 여기 집들이 오래됐잖아. 전부 허물고 대단지 아파트를 지을 계획이었는데 재개발이 무산됐고. 아파트를 새로 지어도 사람들이 고지대라서 오기 싫어한다나 뭐라나. 그래서 다시 부동산에 내놨는데 들어온다는 사람도 없고, 팔리지도 않고."

나와 나란히 앉은 은하가 캐리어에서 물건을 꺼내며 대답했다. 1+1 행사 상품을 샀더니 하나가 쓸모없게 되었다는 듯이.

"그렇구나."

나는 적당한 단어를 고르지 못해 로봇처럼 반응했다. 은하가 이 도시에서 가장 값비싼 아파트의 최고층에 산다는 걸 잠시 망각했다. 그들의 세계에선 부동산을 쇼핑하는 행위가 대형 마트를 가듯 그다지 특별한 일이 아니라는 사실도. 은하는 더이상 말을 하지 않고 캐리어 속 물건을 꺼내는 데 집중했.

쌓여가는 짐을 보며 내 안의 의문도 벽돌처럼 하나둘 쌓였다. 거주할 생각도 없는 집을 투자용으로 사놓은 사람에게 보증금 사기를 당한 사람은 어떻게 보일까? 그것이 악덕 중개인이나 법의 허점을 교묘하게 파고든 집주인이 아니라 믿었던 친구에게라면. 보증금의 3분의 2를 내고도 동거인과 계약서 한 장 쓰지 않았던 나의 순진한 우정을 비웃을까, 배신과 도주가 잘못이라며 동거인을 비난할까? 높게 쌓인 벽돌이 새로운 길을 만들었다. 나는 그 길의 종착점이 어디인지 이미 알고 있었다. 도영이 사라진 이후로 하루에도 몇 번씩 정차하는 벽돌성이니까. 들어가면 공회전만 하는 종착지로부터 벗어나기 위해 나는 달팽이집 같은 백팩을 메고 이곳에 왔으니까.

"짜잔, 이사 온 날은 짜장면이지!"

은하가 캐리어 속에서 짜장 컵라면 두 개를 꺼냈다. 배달 앱을 쓸 수 없는 곳일까봐 미리 챙겨 왔다며 셀프 칭찬을 했다. 나는 은하에게 양손의 엄지를 들어 보였다.

캐리어에서 싱글 침대 매트 커버를 꺼내 요처럼 깔았다.
"이렇게 오랜만에 누워본다. 그치?"
은하는 펜션에 놀러 온 것처럼 들떠 있었다. 우리가 처음 만난 대학교 신입생 환영회를 시작으로 지난겨울에 갔던 강릉 여행까지 시시콜콜하게 이야기했다. 이번 일을 잘 해결하고 나면 베트남의 몰디브라 불린다는 푸꾸옥에 다녀오자고 말했다. 은하와 도영, 나 셋이 간 곳이었다.

기숙사 공동 샤워장에서 알게 된 도영을 내가 은하에게 소개해줬다. 과는 달라도 같은 단과대여서 공통점이 많았다. 활발하고 붙임성 좋은 도영을 은하도 좋아한다고 생각했다. 도영과 내가 생활 습관이 다른 룸메이트에 대해 성토하면 집에서 통학하는 은하가 입을 삐죽였고, 셋이 걸을 때면 내 팔짱을 은하가 먼저 꼈지만, 우리 셋은 늘 붙어다녔다. 취업하고 돈을 좀 모은 도영과 내가 보증금을 합쳐서 구축 빌라로 이사 갔을 때도 가장 먼저 축하해준 사람이 은하였다. 물론 집들이 선물을 들고 온 첫번째 손님도 은하였다.

그런 은하가 이제는 도영을 투명인간 취급했다. 차라리 친구 등쳐먹은 나쁜 년이라고 욕을 하면 나을 텐데. 그럼 나도 질세라 나쁜 년! 하면서 악다구니를 쏟아부을 텐데. 실컷 욕을 하고 나면 도영이 덜 미워질 것 같았다. 이해하거나 용서할 순 없어도 원망의 크기는 조금 줄어들지 몰랐다.

은하가 나를 향해 몸을 돌려 누웠다. 세례를 베풀듯이 흰 손을 내 가슴 위에 올렸다.

"잘될 거야. 너무 걱정하지 마."

진심어린 목소리로 나보다 더 나를 위로했다.

"그래야지."

이번에도 나는 알맞은 단어를 고르지 못해 기계적으로 답했다.

방안이 적막했다. 창문을 닫아둔 탓인지 미세한 소음조차 들리지 않았다. 아니다. 창문을 전부 열어둬도 고요할 거였다. 골목을 지나는 행인이나 야식을 배달하는 오토바이, 심야 할증이 붙은 택시가 이곳엔 없으니까. 문득, 5층 빌라의 층간 소음과 주정뱅이의 고성, 다급하게 달리던 구급차의 사이렌소리가 그리웠다. 불면으로 가득찬 도시의 밤이 애틋했다. 이 밤, 뜬눈으로 지새우는 사람은 나뿐일까. 마을의 모든 이가 깊은 잠에 빠져든 것일까. 상상과 망상들이 벽돌길 종착지를 향해 질주했다. 나는 급브레이크를 밟듯 이불을 머리끝까지 덮었다.

"은하야, 자?"

답이 없었다. 나는 은하를 깨우고 싶었다. 확성기를 사용한 것처럼 크게 이름을 부르며 일어나라고 외치고 싶었다. 그러다가 은하의 가느다란 손목을 잡았다. 혹시라도, 그러니까 혹시라도 악의 없이 진실을 말하는 네가 미워지는 순간이 오면 이 밤을 떠올려야지 싶었다. 세상이 싫어지고 분노가 나를 온통 지배할 때 내 옆에서 무방비로 자던 너를 먼저 기억해야지, 라고 다짐했다.

그때였다. 어디선가 소리가 들렸다. 숨을 푸우— 내쉬다가 흐흡— 하고 마시는 것 같았다. 서서히 볼륨을 높이는 것처럼 소리가 커졌다. 자개농 문이 열리면서 누군가가 나타날 것만 같았다. 문은 꿈쩍하지 않았다. 고개를 돌려 커튼이 없는 창문을 쳐다봤다. 도심에서 일어나는, 여자 혼자 사는 집에서 발생한 사건들이 머릿속을 채웠다. 아닐 거야, 그럴 리가를 되뇌면서 얇은 창문과 낡은 창틀을 봤다. 달빛 아래에서 나뭇잎들이 몸을 비볐다. 다시 들리는 소리. 팽창과 수축을 반복하는 벽. 나는 자리에서 일어나 허리를 곧추세우고 앉았다. 꿈인가 싶어 두 눈을 세게 비볐다.

* * * * *

버스 종점에서 은하를 배웅했다.
"어젯밤에 소리 들었어?"
"무슨 소리?"

"아무것도 아니야……."

서둘러 대화를 끊는 나를 은하가 미심쩍은 눈으로 바라봤다. 지난밤의 소리가 방음이 안 된다는 불만으로 들릴까 싶어 나는 입을 다물었다.

"담에는 형근이 차 타고 올게. 사실은 버스가 너무 흔들려서 멀미 났거든."

아버지가 차를 사준다고 해도 운전이 무섭다는 은하였다. 평소 근거리는 가족이나 남자친구인 형근의 차로 이동한다고 했다. 은하의 말을 듣고 잠시 고민했다. 택시를 불러야 하나 싶었지만 그 말을 듣기 전까지 고려하지 않은 사항이었다. 지금의 내 형편은 물론이거니와 이전에도 대중교통이 익숙했다. 나는 버스 타이어로 시선을 돌렸다.

"나중에 연락할게."

버스에 오른 은하가 창문을 열어 내게 손을 흔들었다. 두 눈이 미안함으로 가득했다. 비탈길을 내려간 버스가 시야에서 사라질 때까지 서 있다가 나는 자리를 떴다.

가을 하늘이 높고 파란 날이었다. 나는 천천히 마을을 걸었다. 엇비슷한 집들이 하나의 담을 공유하면서 늘어서 있었다. 단층집을 2층, 3층으로 불법개조한 집들이 보였다. 폭이 고르지 않은 계단과 모양, 크기가 다른 바닥 타일들. 대문 앞에는 자잘한 채소를 심어놓은 스티로폼 상자들이 택배처럼 놓여 있었다.

마을 초입에는 잔치국수와 정식을 파는 백반집, 생필품을 파는 작은 슈퍼가 있었다. 몸통이 굵은 보호수 아래에서 노인들이 장기를 뒀다. 옆 평상에선 똑같은 파마머리를 한 노인들이 휴식을 취했다. 목줄을 하지 않은 개들이 마을을 이리저리 돌아다녔다.

걸으면 걸을수록 기이했다. 여태껏 이 도시에 이렇게 고요한 마을이 있는 줄 몰랐다. 숨은 명소라고 하기에는 평범하고, 외면하기에는 석연치 않은 곳이었다. 마을이라는 단어를 떠올렸을 때 즉시 연상되는 쉼, 낭만과도 거리가 멀어 보였다.

스마트폰이 요란하게 울었다.

"도영인 연락 없어?"

전 집주인이었다. 친근함을 가장하면서 반말부터 하는 버릇이 여전했다. 안부 인사도 없이 본론으로 뛰어들었다.

"아직요."

"그러니까 그때 도영이가 선주랑 이야기 다 된 거라고 해서, 나는 그 말을 철석같이 믿었지. 둘이 사이가 좀 좋았어야 말이지."

전 집주인은 도영의 속임수와 처세에 자신이 속은 것이라며 변명을 앞세웠다.

"도영이한테 전화 오면 알려주세요."

도영이 연락을 한다면 집주인이 아니라 은하일 것이고, 은하보다는 내가 먼저일 거라 믿지만. 그래도 도영이 가장 최근에 연락한 순서를 생각하면 예상이 틀릴 수도 있었다. 나는 이제 도영의 속마음 같은 건 모르는 사람이 되었으니까.

"그래, 바로 전화할게. 그 돈 들고 가서 얼마나 잘살려고 그러는지…… 근데 선주야. 지금 어디에 있어? 본가로 들어갔어?"

집주인은 마지막에 가서야 안부 아닌 안부를 물었다. 나는 연락주세요, 라고 답하곤 서둘러 전화를 끊었다.

당연히 부모님께는 알리지 않았다. 보증금 전부를 날렸다는 사실을 어떻게 말할 수 있을까. 자식과 관련된 일이라면 사기꾼의 말도 의심 없이 받아들일 그들이었다. 잃은 돈보다 돈을 잃은 나를 더 걱정하고 애달파할 거였다. 그들의 맹목적인 기대와 지지, 사랑을 불편해하면서도, 그 부분을 약점 삼아 나는 원하는 것을 손쉽게 얻어왔다. 지방 소도시에서 대도시로 진학을 했고, 대도시의 변두리에서 중심지로 이사를 했다. 가끔씩 내 연봉으론 불가능한 여행을 갔고, 은하, 도영과 함께 스카이라운지에서 고급 와인을 마셨다. 내가 벗어나고 싶어하면서 벗어나지 않으려 한, 그들이 있었기에 가능한 일이었다. 이번 일만큼은 최대한 오래 숨겨야 했다.

회사에는 며칠 연가를 냈다. 사정을 들은 부장이 푹 쉬고 오라며 돈은 다시 벌면 된다고 위로했다. 인스턴트커피 같은 위로를 믿고 싶어서 나는 탕비실 구석에서 주문처럼 그 말을 따라 했다. 도끼눈으로 회사 서류를 재검토해야겠다고 한 건 과장이었다. 내가 작성한 결재 서류와 회계 내역에 오류와 누락이 있는지 검산과 검증이 필요하다고 했다. 내게 일어난 일이 나의 과실로 벌어진 일이 아님에도 행여 나의 실수와 시행착오가 있었던 건 아닌지, 그 일처럼 회사 일도 구멍이 생긴 건 아닌지 확인해야 한다며 대놓고 따졌다.

집으로 방향을 틀었다. 텃밭인지 공터인지 구분이 애매한 장소에서 고양이 서너 마리가 햇볕을 쬐고 있었다. 간식을 주고 싶은데 빈 호주머니가 아쉬웠다. 먼발치에서 담배를 입에 물었다.

"워이워이!"

진분홍색 꽃무늬 블라우스를 입은 노인이었다. 까맣게 염색한 머리카락에 짙은 눈썹, 블라우스와 동일한 색상의 립스틱을 칠한 모습이 마을 초입에서 보았던 노인들과 사뭇 달랐다. 그녀가 막대기로 풀숲을 내리치며 외쳤다.

"저리 가, 저리! 고양이 새끼들!"

그녀와 눈이 마주쳤다. 작은 체구에서 나오는 기운이 젊은이 못지않았다. 나는 담뱃재처럼 굳어서 눈만 껌벅였다.

그후에도 종종 그녀를 만났다. 만났다기보다는 내 쪽에서 일방적으로 바라봤다. 막걸리 병을 품에 안고 슈퍼에서 나오는 모습이나 하늘색 수건을 머리에 두르고 텃밭 일을 하는 것을. 해 질 무렵 골목 어귀에 목욕탕 의자를 내놓고 멍하니 앉아 있는 모습을 말이다. 때론 다른 노인들과 내기 화투를 치고 평상에 앉아서 주민들과 비빔국수를 먹었다. 마을 어디서나 볼 수 있는 그녀는 발이 빠른 청년회장이나 경조사를 잘 챙기는 부녀회장 같았다. 모두 이 마을에 없는 직책이지만.

그녀와 말을 하게 된 장소는 처음 본 그곳이었다. 공터라고 여겼던 곳은 마을 사람들의 공동 텃밭이었다. 주민의 체력 증진과 사회성 도모, 공동체 회복을 위해 행정복지센터와 구청에서 노지를 정비해 마련했다. 함께 텃밭을 가꾸고 수확물을 나눠 먹자는 취지는 좋았으나, 퇴행성관절염과 척추 질환으로 고생하는 노인들에겐 또다른 숙제일 뿐이었다. 상대적으로 건강하고 시간이 많은 몇몇 노인의 사유지가 되었다.

"먹이 주지 마소."

등 뒤에서 들리는 목소리에 놀랐다. 막대기와 양동이를 든 그녀가 서 있었다.

"한 번 주면 또 줘야 하는데 그럼 정들어서 안 돼. 정들면 계속 온다고."

"제가 챙겨주면 되잖아요."

언제까지 숨어서 밥을 줄 순 없었다.

"보아하니 학생 같은데 계속 여기에서 살 거야? 좀 있다가 떠날 거잖아."

분홍 립스틱을 바른 그녀가 힘주어 말했다.

"정붙여서 밥 주다가 갑자기 끊으면 쟤들 힘들어서 안 돼.

어차피 야생에서 태어나 살고 있는 애들인데 지들끼리 먹이 구하게 내비려두는 게 나아."

그녀가 접시 앞에 몸을 웅크리고 앉았다.

"밥 주면 좋지. 이렇게 귀여운 애들인데. 근데 계속 책임질 수 없잖아."

그녀는 몸집이 제일 작은 고양이가 밥을 다 먹을 때까지 지켜본 후에 막대기로 마른땅을 내리쳤다. 워이워이, 저리 가라. 저리! 모래 먼지가 뿌옇게 흩날렸다. 흙가루가 분홍 입술에 들러붙었다.

하지만 그 말을 들을 내가 아니었다. 나는 일주일에 세 번 이상 같은 장소에 물과 사료를 들고 찾아갔다. 일주일에 두 번 이상 그녀를 만났고, 그때마다 그녀는 고장난 스피커처럼 같은 말을 되풀이했다.

* * * * *

영상통화가 걸려왔다. 은하는 스마트폰을 들고 방안을 옮겨 다니며 이런저런 말을 했다. 유명인의 브이로그를 보듯 나는 화면 너머로 방을 구경했다. 가구와 가전, 장식품이 다 들어가도 여유가 있을 만큼 방이 넓었다.

—예쁘지? 지금 이 시간이 제일 예뻐.

은하가 카메라로 밖을 비췄다. 창문 너머로 우리가 살고 있는 도시의 야경이 펼쳐졌다. 검은 캔버스 위에 별 가루를 뿌려 놓은 것처럼 반짝였다. 오직 한 사람만을 위한 특별한 크리스마스 장식인 것 같았다. 매일 밤, 은하는 저 풍경을 보면서 무슨 생각을 할까. 낭만적 감상에 젖을까, 아니면 지하철 역사 안의 광고판처럼 무감하게 넘길까. 내가 경험해보지 못한 상황과 환경들, 미래에도 답을 쓸 수 없는 질문이었다.

몇 달이 흘렀지만 나는 여전히 은하 부녀가 제공한 집에 머물렀다. 커튼을 달아도 얇은 창틀 사이로 바람이 새어 들어왔다. 샤워 부스조차 없는 화장실이 불편했다. 그럼에도 조금씩 적응했다. 고층 건물이 없어서 늦은 오후까지 집안에 해가 들었다. 청소를 끝내고 햇볕이 남은 거실 바닥에 앉아 있으면 마음에도 온기가 돌았다. 창문을 열어놓으면 뒷산에서 새가 울었다. 매일 종점에서 138번 시내버스를 타고 출퇴근했다. 출근시에는 처음부터 앉을 수 있어 편했고, 퇴근시에는 일정 구간을 지나면 자리가 생겨 좋았다. 도영은 연락이 없었고, 부모님께는 피해 상황을 숨겼다. 은하와 일주일에 서너 번씩 통화를 했다. 다시 오겠다던 은하는 첫날 이후로 이 집을 방문하지 않았다. 나는 은하가 오지 않아서 좋았다.

―그 할머니는 계속 고양이들 밥 주지 말라고 해?

카메라가 전환되더니 마스크팩을 한 은하가 나타났다.

"뭐, 말은 그렇게 해도 진짜로 나쁜 분은 아냐."

안부를 묻는 은하에게 길고양이와 그녀에 대해 스치듯 이야기했었다. 그걸 기억하고 있을 줄이야.

그녀가 공동 텃밭에서 기른 깻잎과 풋고추를 줬다. 생채소를 받은 내 표정이 개울에 빠진 아이 같았다며, 다음에는 깻잎김치를 만들어줬다. 별일 아닌데, 라는 머리말을 달며 마을에 대한 크고 작은 정보와 소문을 알려줬다. 언젠가 야근을 하고 온 밤에는 골목이 어둡다고 집 앞까지 동행했다.

―내 생각엔 할머니가 텃세를 부리는 것 같아. 원래 그런 데 사는 사람일수록 텃세가 심하다고 하잖아.

마스크팩을 떼면서 은하가 말했다. 진심으로 그렇게 생각한다는 말투로 순진하게. 은하의 매끈한 얼굴이 흰 도자기 같았다. 헛웃음이 났다. 네가 말한 '그런 데'는 어떤 곳이니? 마음 깊숙이 무언가가 치밀어올랐다. 뜨거운 듯하면서 차갑기도 한, 부정확하고 모호한 감정 꾸러미였다. 엉켜버린 마음과 다르게 분명하게 드는 생각은 나도 이 마을 사람이 돼버린 걸까, 하는 섬뜩함이었다. 은하 말에 필요 이상의 반발심과 저항감이 든 것 같았다. 내 표정이 일그러지는 게 느껴졌다. 나는 황급히 카메라 렌즈를 밖으로 전환했다. 남루한 세간들이 화면을 채웠다.

―참 선주야. 아빠가 말했는데 마을에서 무슨 공청회인가, 설명회를 한대. 집주인이나 세입자는 무조건 참석해야 한다는데, 네가 대신 가주면 안 될까?

텃세와 공청회를 말하는 은하의 태도에는 차이가 없었다.

정중하고 부드러운 말투였다. 그런 은하의 부탁을 나는 거절할 수 없었다.

주민 공청회는 행정복지센터 2층 회의장에서 열렸다. 의자마다 사람들이 앉아 있었다. 자리를 잡지 못한 이들은 출입문 주변에 무리 지어 서 있었다.

"여기야, 여기."

그녀가 손을 흔들었다. 나는 사람들을 헤치고 들어가 그녀가 맡아둔 자리에 앉았다. 말쑥하게 정장을 차려입은 남자가 단상 위로 올라갔다.

"안평마을 에코 재생사업 공청회에 와주신 분들 감사합니다."

마이크를 잡은 남자가 빔 프로젝터를 가동했다. 일목요연하게 정리된 오늘의 안건들이 나타났다. 남자가 슬라이드를 넘기며 능숙하게 설명했다. 착석한 이들이 시험 기간의 학생처럼 집중했다. 그래, 아니야, 그거 말고 등의 추임새를 간간이 넣었다. 남자가 한숨을 쉬더니 표정을 바꾸며 말했다.

"시설과에서 가로등을 설치하려고 몇 번이나 답사를 했습니다. 그런데 현재 골목이 너무 좁고, 집을 붙여서 짓다보니까 가로등을 설치할 공간이 안 나옵니다. 건물 쪽에 붙이면 주택 내부까지 불빛이 다 비쳐서 생활하기에 불편하고요. 민원대로 가로등이 적으니 밤길이 어두워서 위험한 일 생기는 것도 문제고요. 어떻게 하면 좋을지 시설과랑 행정과가 다시 계획을 세워보겠습니다."

앞줄에 앉은 해병대 모자를 쓴 노인이 손을 들었다.

"파란 대문 집 쪽에 붙여서 설치하면 안 됩니까? 비어 있은 지 오래됐고, 이사 올 사람도 없을 겁니다. 아니면 정자 옆 폐가를 부수거나."

"파란 집을 김 씨가 아들한테 상속했다고 하던데."

해병대 노인 뒤에 앉아 있던 대머리 노인이 말했다.

"김 씨가 정신이 나가서 요양원에 들어갔는데 어떻게 상속을 해?"

"가기 직전에 자식들이 도장 들고 와서 했다더만."

여기저기서 말들이 솟아올랐다. 집집마다 품고 있던 내밀한 사정을 공개적으로 꺼냈다. 결국 처음 말을 꺼낸 해병대 모자를 쓴 노인이 삿대질을 하며 개새끼!라고 외쳤다. 의자를 넘어트린 다음 출입문을 박차고 나갔다. 문 앞의 무리는 다른 회의장에 온 것처럼 관심이 없었다.

"공가 허무는 건 지자체에서 마음대로 할 수 있는 일이 아닙니다. 실거주 안 하셔도 소유권자가 있거나, 무허가 주택도 무허가 건축물대장에 등록되어 있으면 법의 보호를 받으니까요. 자, 이제……"

"저기요!"

갑자기 그녀가 손을 번쩍 들었다.

"소독약 뿌릴 때 텃밭이랑 평상 쪽은 피해주세요. 그쪽에 고양이가……"

"또 나선다. 아직도 그 버릇 못 버렸네."

그녀가 말을 채 끝내기 전에 꼬불꼬불하게 파마를 한 노인이 말을 자르며 들어왔다. 모두가 들을 수 있게 혀를 찼다. 그녀가 자리에서 벌떡 일어나 파마머리 노인을 매섭게 노려봤다. 파마머리 노인도 질세라 의자에서 일어나 그녀를 흘겨봤다.

"둘이 또 저런다. 좀 말려라."

옆에 앉은 노인이 파마머리 노인의 허리를 잡아 억지로 의자에 앉혔다. 그녀는 벌겋게 달아오른 얼굴로 망부석처럼 서 있었다. 숨 고르는 소리가 내게까지 들렸다.

"어르신, 방역 민원도 잘 전달하겠습니다. 다른 의견 없으시면 안평마을 재생 프로젝트의 마지막 안건으로 넘어가겠습니다."

남자의 말에 문 앞의 무리가 고개를 들었다.

"이전에 무산된 재개발·재건축 사업 건입니다."

남자가 마이크에서 입을 살짝 떼고 뜸을 들였다. 눈짓을 하며 주위를 살폈다. 슬라이드가 교체되는 사이에 마이크는 뿔테안경을 쓴 여자에게 넘어갔다.

"출석 부르겠습니다. 주택소유권 가지고 계신 분들부터 부를게요. 김순덕님."

"네!"

최영복님, 네. 오미희님, 네. 김정자님, 네. 이철만님, 네……

사람들은 이름이 불릴 때마다 목을 빼서 상대의 이름과 얼굴을 기억하려고 노력했다. 내 편인지, 네 편인지. 반장 선거를 앞둔 후보자처럼 필사적으로 분위기를 파악했다. 한차례 이름들이 지나간 뒤에 다시 이름들이 나왔다.

"이번에는 토지소유권과 주택소유권을 보유하신 분들입니다. 박순자님."

"여기요."

그녀가 대답했다. 이름이 박순자구나. 일상과 반찬을 나누는 사이였지만 이름을 물어볼 생각을 못 했다. 처음에는 저기요, 라며 호칭을 생략했고 깻잎김치를 받은 뒤에는 자연스레 할머니, 하고 불렀다. 그녀도 손녀가 있다며 그 호칭을 마음에 들어하는 눈치였다. 그걸로 충분하다 여겼는데. 뒤늦게 짝꿍의 이름을 알게 된 것처럼 미안한 마음이 들었다.

"출석 안 불렀는데 계신 분은 누구세요? 여기 아무나 들어오면 안 되는 곳이에요!"

사람들의 눈이 바쁘게 움직였다. 파도타기를 하듯 오른쪽에서 왼쪽으로, 위에서 아래로 까만 눈동자가 넘실거렸다. 어느 순간 숨은 암초를 발견한 것처럼 내게 시선을 고정했다.

"거기 학생, 이름 안 부른 것 같은데요?"

"얘는 그런 애 아니에요!"

그녀가 내 어깨를 잡으며 다급히 외쳤다.

"그럼 어떻게 오셨어요?"

사방에서 검은 눈들이 직선으로 날아와 박혔다.

"저기…… 지금 친구 집에 살고 있는데요."

입속에서 말이 엉겼다.

"그럼 세입자세요? 성함이……"

여자가 노트북 옆에 있던 새 파일 더미를 잡았다.

"그게 계약서 쓰고 사는 건 아니고요."

그뒤로 내가 뭐라고 했던가. 은하 집에 오게 된 경위를 시간 순대로 설명했던가, 내가 재개발·재건축 사업장을 염탐하러 온 정보원이 아니라고 부인했던가, 나의 본가와 직장명을 노출하며 이상한 사람이 아니라고 적극적으로 해명했던가. 모든 일을 한 것 같고, 하지 않은 것도 같다. 다만 확실한 건 집주인이 누구냐는 질문에 은하 이름과 성姓을 댔고, 문 앞의 무리 중 누군가가 내가 처음 듣는 은하 아버지 이름을 대면서 은하가 장 회장님 딸이라고 말했다는 점이다. 아, 장 회장님. 그 호칭 하나에 공청회장에 거칠게 일던 파도가 미지근한 맥주 거품처럼 잦아들었다. 그리고 나는 회의장에 있어도 무방한 사람으로 승인받았다.

뿔테안경을 쓴 여자가 다시 회의를 진행했다. 말들이 공중에서 부딪쳤다 깨졌다. 나는 미동 없이 자리를 지켰다. 사방에서 짠물이 몰려와 코와 입, 귓속으로 파고들었다. 숨쉬기가 버거워 몇 번이나 심호흡을 했다. 만약 이곳에 은하가 있다면 이번에도 내 표정과 기분을 살피며 걱정해줄까. 너는 왜 이런 부탁을 한 걸까. 태풍이 휩쓸고 간 백사장에는 해초 더미와 쓰레기만 굴러다녔다. 오직 박순자 그녀만이 떨고 있는 내 손을 잡아줬다.

 나무 평상에 앉았다. 공청회장을 나온 사람들이 나와 그녀를 스쳐지나갔다. 캄캄한 골목으로 주민들이 스며들고, 고급 승용차를 몰고 온 사람들이 전조등을 밝히며 도심으로 떠났다. 나는 캔식혜를 사서 그녀에게 하나를 건넸다. 갈증이 나서 서둘러 마셨다. 차고 단 액체가 입속으로 흘러들었다.
 "언제부터 안평마을에 사신 거예요?"
 "오래됐지. 돈 벌려고 와서 결혼하고 애 낳고…… 목돈 모으면 바로 이사 가려고 했는데 이때까지 살 줄 몰랐네."
 그녀가 뭉툭한 손톱으로 캔을 땄다. 분홍색 매니큐어가 반 이상 벗겨져 있었다.
 "그때 내가 상경한다고 마을에 소문이 다 났어."
 "할머니, 상경上京은 아니죠. 여기가 서울이 아닌데."
 "무슨 소리야. 시골에서 도시로 가면 다 상경이지. 아무튼 중학교 졸업식장에 신발공장 버스가 와서 우등 졸업생들을 태우고 도시로 왔어. 공장에서 지은 기숙사도 제공해주고. 졸업장 없는 애들은 공장에 들어가려고 십장한테 웃돈 주고 그랬다니까. 기숙사는 당연히 못 들어가지만."

옛날 일이 생각난 듯 그녀가 입꼬리를 올리며 웃었다. 주름 사이로 폭, 들어간 보조개가 보였다. 보조개가 있었구나. 이름을 알았을 때처럼 이번에도 놀랐다. 노인과 보조개는 어울리지 않는 조합 같았다. 그녀가 식혜를 소주처럼 홀짝 마시고는 하늘을 봤다. 나도 고개를 들었다. 어둠이 깊은 하늘에 별이 박혀 있었다. 몇 개의 별을 연결하니 누구나 알 법한 별자리가 완성되었다. 쏟아질 듯한 은하수나 신비한 오로라는 아니었다. 그런데도 눈이 머물렀다. 우주 어딘가에서 타오르고 있는 차가운 불덩이를 떠올렸다. 내가 미처 가 닿지 못할 어떤 시간을, 추측조차 할 수 없는 세월을 상상했다.

값싼 노동력으로 굴러가는 신발공장 주변에 또다른 신발공장, 고무공장, 운동화 끈 공장과 밑창 제조공장이 생겼다. 타지에서 온 이들이 산비탈을 따라 무허가 집을 지었다. 비바람을 간신히 막을 수 있을 정도의, 열악하고 조잡한 집이었다. 주민들은 이곳에 살면서 산비탈 아래 저곳을 꿈꿨다. 저곳으로 이동하지 못한 이들과 이곳을 저곳이라 여기며 이주한 이들로 마을은 커졌다. 임계점이 없는 풍선처럼 부풀었다.

"남편 죽고 공장 다니면서 애들 학교 보내고 결혼까지 시켰지. 같이 일하던 사람들은 돈 모아서 식당 차리고 이사했는데 나는 계속 다녔어. 국제신발 다니다가 삼화로 옮기고, 또 태화로 가고. 이것도 기술이라고 계속하니까 돈을 더 주더라고. 지금도 그걸로 먹고살잖아."

그녀는 부업으로 운동화 밑창 붙이는 일을 하고 있다고 덧붙였다. 기초노령연금과 자식들이 주는 용돈으로 사는 노인들과 다르다는 데 자부심을 갖고 있는 듯했다.

신발산업이 쇠퇴하면서 관련 공장들이 줄줄이 문을 닫았다. 바람 빠진 풍선처럼 안평마을도 서서히 쪼그라들었다. 작고 작고 작아져서 소실점이 되어갔다. 그나마도 희미해서 확대경으로 관찰하지 않으면 있는지조차 알 수 없었다. 주민들이 떠나고 빈집만이 덩그러니 남았다. 언론에서는 지방 소멸이라는 헤드라인 아래 안평을 소개했다.

그녀가 호주머니에서 담배와 라이터를 꺼냈다. 연초 한 개를 입에 물고 내게도 주었다. 매캐한 담배 향이 우리를 감쌌다.

"마을 살리려고 아파트 지을 거라는데 말도 안 되는 소리지. 여기 사람들 거기 아무도 못 들어가. 그래서 예전부터 반대한 건데, 망할 명덕이가 알지도 못하면서 내가 말만 하면 흥분해서 째려보니. 나한텐 이제 여기가 고향이잖아. 내 집에서 살다가 죽고 싶어. 선주야, 얼른 돈 벌어서 이사 가. 친구 너무 미워하지 말고."

"……"

"너무 미울 때 나쁜 년이라고 열 번씩 해. 그럼 괜찮아지더라."

"나쁜……년."

"참지 말고 말해. 그래야 살 수 있다."

"……"

"고양이들 밥은 내가 줄 테니까 걱정 말고."

그녀가 나를 지긋이 바라보며 말했다. 이야기를 듣고 있으려니 가슴 한편이 뻐근해졌다. 긴 시간 동안 이 말을 기다려온 사람처럼. 눈물이 날 것 같아서 나는 몇 번이나 콧잔등을 찡그렸다.

"그런데 할머니, 밤마다 집에서 무슨 소리가 들려요."

"소리?"

"푸— 하고 바람 빠지다가 흐흡— 하고 마시는 소리요."

푸, 흡, 푸, 흡. 입을 동그랗게 오므렸다 다시 폈다. 푸흡, 푸흡, 푸흡. 그녀가 흉내를 낼 때마다 입술 사이로 담배 연기와 허연 입김이 섞여 나왔다.

"그 소리…… 알지."

"진짜요? 그게 뭐예요?"

나는 엉덩이를 바짝 붙여 다가앉았다. 그녀가 빙그레 웃었다. 이렇게 잘 웃는 사람이었나 싶을 만큼 오늘따라 많이 웃었다. 그녀가 팔을 뻗어 내 손을 잡았다.

"집이 숨 쉬는 소리. 선주가 와서 집이 살아났네."

푸, 흡, 푸, 흡. 푸흡, 푸흡, 푸후후흡.

그 말에 잠들어 있던 집들이 일제히 숨을 쉬기 시작했다. 빨간색 슬레이트 단층집이, 파란 대문 집이, 골목 입구의 무허가 집이, 정자 옆의 폐가들이 단체로 숨을 들이마셨다, 내뱉었다.

푸흡, 푸흡. 벽들이 부풀어오르고, 마당의 잡풀들이 푸른 잎이 무성한 나무로 변했다. 밤하늘의 별들이 폭죽처럼 터졌다. 사방이 대낮같이 환해졌다. 고요하던 마을에 피가 돌고, 물이 차오르는, 안평安平이었다.

* * * * *

나는 안평마을에서 6개월을 더 살고 나왔다. 보증금과 월세를 받지 않은 은하 아버지 덕에 월급의 대부분을 모을 수 있었다. 원룸 보증금이 모이자 이사를 했다. 창문의 반 이상을 앞 건물이 막고 있어서 낮에도 형광등을 켜야 하는 집이었다. 엘리베이터가 없어서 퇴근길에는 퉁퉁 부은 다리로 힘겹게 계단을 올랐다. 하지만 근처에 24시간 영업하는 편의점과 프랜차이즈 커피숍이 있고, 배달 앱을 통해 한밤중에라도 야식을 시킬 수 있는 음식점이 있었다. 밤이 되어도 문밖은 불야성이었다.

"집 빌려줘서 고마웠어."

"아니야. 우리 사이에 뭘……"

은하가 쑥스러워하더니 다음에도 도울 일이 있으면 말하라고 했다. 이사 선물로 뭐가 필요하냐고 물었다. 너는 참 한결같구나. 은하를 한결같게 만들어주는 것이 무엇인지 궁금했다가, 이내 궁금해하지 않기로 했다. 섣불리 상대의 의중을 파악하고 미루어 짐작하는 것보다는 내 감정을 표현하는 게 낫다는 걸 알았다.

"돈 더 모으면 수도세랑 전기 요금도 갚을게."

"그럴 필요 없는데…… 그냥 네가 편한 대로 해."

은하가 평소와 동일한 말투로 대답했다.

이후에도 우리는 만났다. 베트남 푸꾸옥을 가지는 않아도 소소하게 쇼핑을 하고 웨이팅이 긴 맛집을 찾아다녔다. 여전히 도영의 자리는 구멍으로 남았다. 그건 은하와 나의 노력으로 메울 수 있는 게 아니었다. 흉터를 지닌 채 영화를 보고 커피를 마셨다. 우리의 관계가 예전과는 달라진 게 느껴졌지만, 이런 관계도 나쁘지 않다고 여겼다. 도영이 생각나는 날에는 나쁜 년을 열 번씩 반복했다. 열 번이 아홉 번이 되고, 여섯 번이 되었다. 어느 날에는 한 번도 말하지 않고 잠들었다. 그러다가 문득, 밤하늘이 대낮처럼 달아오르던 그 밤으로 돌아갔다. 그녀의 안부가 궁금했다. 편의점에서 캔식혜를 사 먹어도 목이 말랐다. 그럼에도 안평마을에 가기를 주저했다. 이곳을 산비탈 아래 저곳이라 여기며 하루하루 살았다. 나는 예전의 일상으로 돌아왔다고 믿었다.

포털 사이트 메인에서 '안평마을, 재개발 사업 박차를 가하다—원주민 대부분 이주'라는 제목을 봤다. 기사를 클릭했다. 내가 알고 있는 장소와 마을의 모습이 나타났다. 기사를 읽고, 다른 기사를 찾아 읽었다. 엇비슷한 논조의 글들을 읽다가 자리에서 일어났다. 무작정 안평마을로 갔다.

 마을은 달라져 있었다. 보호수 아래의 나무 평상은 사라졌고, 백반집과 작은 슈퍼는 폐업했다. 대문 앞에 내놓았던 화분과, 상추, 고추 모종을 심은 상자도 없었다. 벽에는 붉은 페인트로 '공가', '폐가'라는 글씨가 휘갈겨져 있었다. 무너지고 파괴된 집들, 뒤틀린 대문과 뿌리째 뽑힌 나무들. 공동 텃밭은 더이상 텃밭이라 말하기에 참혹할 정도로 황폐했다. 안평마을이 만들어지고 지속되었던 시간이 무색하리만큼 붕괴되는 건 한순간이었다.

 은하 부녀의 집은 사라졌다. 재개발 사업이 확정된 후에 가장 먼저 부숴버린 건지 벽돌 한 장 남지 않은 말끔한 공터가 되었다. 멍하니 그 광경을 보았다. 이 집에서 보낸 날들이 전생처럼 느껴졌다. 눈을 감았다 떠도 풍경은 달라지지 않았다. 은하 아버지도 지금의 모습을 봤을까. 은하는 재건축 소식을 들었을까. 여긴 내 집이 아닌데, 나는 계약서 한 장 쓰지 않고 무상으로 거주했을 뿐인데. 왜 여기에 온 것일까. 미루고 미뤄두었던 마음. 알면서도 애써 외면한 감정들. 닫아두었던 상자를 열어야 할 때였다.

 그러니까 그녀, 박순자는 지금 어디에 있을까. 곧장 갈 수 있는 길을 곡선으로 돌아서 갔다. 뛰어가는 마음과 반대로 발걸음은 무거운 닻을 단 것처럼 느렸다. 마지막 모퉁이를 앞두고 주먹을 꼭 쥐었다. 골목 끝에서 오른쪽으로 몸을 틀었다. 거기에 집이 있었다. 아직 허물지 않은 박순자의 집이.

대문을 밀고 들어갔다. 문 여는 소리에 마당에 있던 고양이 서너 마리가 빠르게 도망쳤다. 푸르죽죽하게 곰팡이가 슨 벽과 풀이 무성한 마당, 지붕에서 떨어진 슬레이트 조각. 굳이 소리 내어 이름을 부르지 않아도 그녀의 부재를 느낄 수 있었다. 무참할 정도로 햇볕이 좋았다. 내리쬐는 햇빛에 눈이 부셨다. 두 눈이 시큰해서 나는 몇 번이나 눈두덩이를 눌렀다. 마당 한쪽에 능소화가 환하게 피어 있었다. 주황색 꽃송이가 징그럽도록 생생했다.

집안 상황도 크게 다르지 않았다. 창틀에는 먼지가 두껍게 쌓였고, 싱크대는 바싹 말라 있었다. 운동화 밑창 본과 쪽가위, 뜯어낸 실밥이 거실에 굴러다녔다. 자개 화장대 위에 그녀가 처방받은 약봉지가 있었다. 약품명을 읽었다. 소염진통제, 근육이완제, 퇴행성관절염제, 신경안정제. 그녀는 이곳에 없었다. 자식들이 와서 집으로 모셔 간 걸까, 아니면 요양병원으로 간 걸까. 그것도 아니면……

약봉지 옆에 그녀가 자주 바르던 분홍색 립스틱이 있었다. 뚜껑을 열었다. 반 이상이 남았다. 립스틱도 안 챙기고 어디로 간 건지. 어지러웠다. 그녀가 사라진 것이 내 탓이 아닌데도 나의 잘못 같았다. 상상과 망상들이 벽돌길 종착점을 향해 달려갔다. 공회전만 반복하는 종착지로부터 나는 빠져나왔는데,

탈출하기 위해서 안평마을에서 다시 도망쳤는데. 나의 불안한 상상력은 그곳으로 질주했다.

"나쁜 년."

혼자서 욕을 했다. 열 번씩 세 번을 반복했다. 박순자가 없는 집에서, 마지막을 앞둔 마을에서.

푸―후―흡―

그때였다. 어디선가 소리가 들렸다. 푸우― 내쉬다가 흐흡― 하고 마셨다. 푸우우―후으으읍― 내가 아는 소리였다. 익숙한 리듬이었다. 귀를 기울였다. 내 안의 감각을 전부 깨워서 집중했다. 소리가 들리지 않았다. 벽이 움직이지 않았다. 나는 조심스레 방바닥에 앉았다. 차가운 바닥이 체온으로 따뜻해지기를 원했다. 피가 돌고, 물이 차오르며, 살이 붙기를 바랐다. 푸흡, 푸흡, 푸후후흡. 나는 두 볼이 터질 정도로 숨을 들이마셨다가 배가 납작해지게 내뱉었다. 열 번씩 세 번을 반복하고는 오랫동안 그 자리에 앉아 있었다. 집이 숨쉬기를 기다렸다. ■

스페이스 월드

입국 심사는 예상한 것보다 싱겁게 끝이 났다. 출입국 관리사무소 직원은 내 얼굴을 흘낏 쳐다보고는 제출한 여권에 도장을 찍었다. 여행 블로그에서 본 것처럼 방문 이유와 체류 기간, 거주 장소를 묻는 일은 없었다. 따분한 표정을 지으며 다음 방문객을 향해 손짓을 할 뿐이었다. 붉은색 여권을 든 남자아이와 보호자가 창구 앞으로 걸어나왔다.

나는 크로스백에 여권을 넣은 후 휴대전화기를 꺼냈다. 입국 심사가 끝났으니 다음으로 할 일은 유심 교체하기였다. 설명서에 적힌 대로 사용중이던 한국 유심을 꺼내고 단기 여행자용으로 구입한 일본 유심을 끼웠다. 전원 버튼을 누르자 익숙한 바탕화면이 나타났다. 지난봄 생태공원에서 찍은 목련 사진 위로 자주 사용하는 애플리케이션들이 가지런하게 놓여 있었다. 연결이 됐구나. 유심까지 교체하고 나니 해외여행을 왔다는 게 비로소 실감났다.

여행객들을 따라서 출구 쪽으로 걸었다. 주현의 말대로 일본어를 할 줄 몰라도 비행기를 타고 내리는 데 아무런 지장이 없었다. 일방통행 도로를 달리는 것처럼 승객들은 한 방향으로만 움직였다. 그들을 따라가니 입국 심사장이 나오고, 수하물 찾는 곳과 관세 신고소가 나왔다.

드륵, 드륵드륵. 휴대전화기가 요란하게 몸을 떨었다. 비행시간 동안 수신되지 못했던 문자메시지와 카카오톡 메시지, 부재중 통화 알람이 한꺼번에 몰려왔다. *드륵, 드륵드륵.* 연속해서 울렸다. 몇 개의 광고 문자를 삭제하고 부재중 통화 목록을 확인했다. 카카오톡 메시지를 확인하려다 그만두었다. 화면 위로 보낸 사람의 이름이 보였다. 읽지 않아도 무슨 내용일지 충분히 짐작되었다. 굳이 메시지를 확인해서 지금의 기분을 망치고 싶지 않았다. 추후에 보낸 이가 왜 답장을 보내지 않았냐며 화를 내어도 메시지를 읽고 답을 안 하는 것보다는 안 읽어서 답을 못 했다는 변명이 더 나을 것 같았.

자동 유리문이 열렸다. 입국장은 타국에서 날아온 방문객과 기다리는 현지인들로 북적였다. 얼싸안고 뺨을 부비는 이와 환호성을 지르는 사람. 그들이 내뿜는 열기와 고조된 흥분이 입국장 안의 온도를 높였다. 장시간 비행으로 피로했던 이도 누군가의 환영 인사에 얼굴근육을 풀어 화답했다. 각 나라의 언어로 쓰인 환영 문구가 여기저기서 나부꼈다.

"은경아!"

낯선 언어들 사이에서 나를 부르는 소리가 들렸다. 멀리서 봐도 한눈에 알아볼 수 있었다. 큰 키에 파마머리를 한 주현이 팔을 높이 들어 흔들고 있었다. 인파를 헤치며 내게로 왔다.

"이게 얼마 만이야, 잘 왔어!"

누가 먼저랄 것도 없이 서로를 끌어안았다. 우리는 어린 소녀들처럼 발을 동동 구르며 인사했다. 포옹을 풀고도 주현은 내 손을 잡고 놓아주지 않았다. 그녀의 호출이 아니었다면 혼자서 비행기를 타고 첫 해외여행을 할 일은 없었을 것이다. 집요할 정도로 연락하며 나를 설득한 주현 덕분에 이곳에 올 수 있었다. 말하지 않아도 내 마음을 안다는 듯 주현이 맞잡은 손에 힘을 주었다. 그녀의 마음 쓰임새에 입국장의 온도가 조금 더 올라가는 것 같았다.

"숙소는 하카타역 근처에 잡았어. 거기서 신칸센 타면 고쿠라역까지 한 번에 가거든."

주현이 앞장서 걸었다. 내가 메고 있던 배낭을 자연스럽게 받아서 들고 있었다. 커다란 캐리어 카트 앞에선 내 어깨를 잡아당겨 보호했다. 어릴 때나 커서나 주현은 내게 언니처럼 굴었다. 야, 우리 동갑이야! 언젠가 내가 고개를 뒤로 젖히며 대거리를 했었다. 알아. 키가 두 뼘이나 큰 주현이 나를 내려다보며 대답했다. 내 행동이 그저 귀엽다는 듯 순하게 웃었다. 그런 주현의 태도에 약이 올랐지만, 한편으로는 친언니와 오빠에게 받지 못한 사랑과 관심을 받는 것 같아서 좋았다.

"점심은 뭐 먹을까? 여기 라멘이 유명하거든. 덴푸라 정식이랑 함박스테이크도 맛있어. 근데, 너 술은 좀 해? 우리 둘이서 마신 적이 있었나? 너무 오래돼서 그런지 기억이 안 나네."

신이 난 주현이 쉬지 않고 말했다. 나와 함께하고 싶은 게 많다면서 빽빽하게 짠 2박 3일간의 일정을 브리핑했다.

"근데 그거 다 할 수 있어? 무리인 것 같은데."

말을 내뱉자마자 아차, 싶었다. 시작하기도 전에 결론부터 상상하는 건 나의 오랜 습관이었다. 그 결론은 매번 뻔하고 남루해서 하지 않은 일이나 가지 못한 길에 대한 아쉬움을 덜어주었다. 신 포도를 바라보는 여우의 마음은 나를 보호해줬지만, 주변 사람들에겐 도움이 되지 않았다. 김빠지는 소리, 초치는 말 좀 하지 말라며 인상을 찌푸렸다. 나는 주현의 표정부터 살폈다.

"무리 아냐. 이래 봬도 내가 베테랑 가이드인데 그거 생각 못 하겠니? 교통 상황이랑 출퇴근 시간까지 다 고려해서 짠 일정이니까 군말 없이 따라오기나 해."

도리어 자신만만한 표정으로 내 말을 대수롭지 않게 넘겼다. 주현은 일본에 온 한국 관광객을 상대하는 여행 가이드였다. 대형 관광버스 앞자리에 서서 규슈 지역의 주요 명소와 간

추린 일본 역사, 후쿠오카의 유명한 식당과 관광객들이 혹할 만한 기념품을 소개했다. 버스가 국도와 고속도로를 넘나들며 이리저리 흔들려도 부동의 자세를 유지했다. 손님은 가족, 친구 모임과 같은 소규모 일행부터 대기업 연수생이나 지자체 행정공무원들까지 다양했다. 능숙한 일본어 실력은 물론이며 시원시원한 입담과 유쾌한 태도로 주현은 여행객의 마음을 사로잡았다. 내가 한국-일본 간의 민간 외교관이라니까! 주현이 수화기 너머에서 꽉 찬 목소리로 말했었다. 당연하지. 직접 보지 않아도 주현의 말이 맞다는 걸, 나는 믿어 의심치 않았다.

"든든하네."

나는 두 손을 이마까지 올려 박수를 쳤다. 박수소리가 크고 빨라질수록 주현이 함박웃음을 지었다. 그 웃음 때문에 입가의 팔자주름이 도드라져 보였다. 염색으로도 가려지지 않는 새치와 흰 머리카락도 눈에 띄었다. 모든 것이 주현이 일본에서 보낸 긴 세월을 대변하는 것 같아서 안쓰러웠다. 그러다가 내가 누굴 동정할 처지인가 싶어서 방금 한 생각을 철회했다.

"아리가또 고자이마쓰."

한참을 웃은 주현이 두 손을 가지런히 모아 내게 반절을 했다.

이십 년 하고도 몇 년 전의 한여름 밤이었다. 나와 주현은 마을 입구의 나무 평상에 앉아 캔맥주를 마시고 있었다. 열대

야가 기승이었지만 고지대에 위치한 안평安平은 예외였다. 적당히 후텁지근한 바람과 열기는 냉장고에서 갓 꺼낸 캔맥주 하나로 이겨낼 수 있었다.

일본에 가기로 했어.

언제? 며칠?

한국에서도 주현은 여행 가이드였다. 지금과 반대로 일본에서 한국을 방문한 관광객을 상대했다. 부산을 비롯한 경상도 일대, 멀게는 전라도와 강원도, 서울까지 일본인 관광객이 오는 곳이면 가리지 않고 뛰어갔다. 그렇게 대한민국 방방곡곡을 누비던 주현은 종종 현해탄을 건너 일본으로 갔다. 이유는 오로지 하나, 여행사 월급보다 암암리에 진행하는 해외 가이드 일이 더 돈이 되어서였다.

며칠이 아니라 계속 일본에서 살 거라고.

무슨 뜻이야?

나는 맥주 캔을 내려놓고 주현을 쳐다봤다. 방금 한 말의 의미를 정확히 하라고 채근했다. 주현은 입을 꾹 다문 채 산 아래 도시를 쳐다봤다. 두 눈이 텅 빈 것 같다가, 수많은 생각들로 버글거리는 듯했다. 입꼬리가 미세하게 떨렸다.

여기서 푼돈 벌어서 언제 집 사서 이사하겠어. 외화를 벌어야 돈이 되지.

꾹꾹 참아두었던 말을 한 번에 터트렸다. 성급히 내린 결론이 아니라고 마침표를 세게 찍었다. 머리가 묵직해지면서 눈앞이 아득해졌다. 주현이 지금 무슨 말을 하는지 도무지 이해되지 않았다. 그녀는 엔화를 벌어서 집으로 보낼 거라고 했다. 안평을 벗어날 수 있는 방법은 이것밖에 없다며 비장하게 말했다.

그 무렵 안평을 탈출하는 건 나와 주현의 공통된 소원이었다. 우리는 하나의 담을 공유한 집에서 살고 있었다. 우리집의 매실나무 가지가 주현이네 마당으로 넘어가도 소유권을 주장하지 않았다. 함께 매실을 따서 장아찌를 만들고 과실주를 담갔다. 주현의 엄마 김정숙과 나의 엄마 박순자는 나와 주현의 나이보다 더 오랜 시간을 보낸 친구였다. 친구라기보다는 피붙이에 가까운 사이였다.

먼저 도시로 와 안평에 자리잡은 박순자가 고향 친구인 김정숙을 불러서 같이 살았다. 두 사람은 근처 신발공장에서 일하면서 본가로 돈을 보냈다. 월급의 70퍼센트를 송금하고 남은 돈을 저금했다. 저임금, 고강도 업무를 바탕으로 한 경공업 산업이 이 지역의 밥줄이던 시대였다. 그녀들은 자신의 눈물과 땀으로 고향집의 식구들을 먹일 수 있다는 사실에 보람을 느꼈다. 비슷한 처지의 옆 고무공장 노동자와 연애를 해서 결혼하고 계속해서 안평에 살았다. 안평이 그녀들이 할 수 있는 최고의 선택이었는지, 최선의 결과였는지는 확실치 않다. 분명한 건 박순자, 김정숙과는 다르게 나와 주현은 안평을 벗어나고 싶어했다는 점이다. 마지막에 신 포도와 가시철조망만 있을지라도 우리는 그곳에서 도망치고 싶었다.

그렇기 때문에 일본으로 가겠다는 주현에게 더 화가 났었다. 언니처럼 보살펴줄 때는 언제고 결국 너 혼자 잘살려고 도망치는 거냐며 악다구니를 부렸다. 주현은 내가 던진 돌들을 묵묵히 다 맞았다. 나는 돌팔매질을 하면서도 그녀가 이미 찍은 마침표를 물음표나 느낌표로 바꾸지 않으리라는 걸 알고 있었다. 그녀는 자신이 한 말은 꼭 지키는 사람이니까. 오히려 주현의 그런 모습을 나는 좋아했으니까.

* * * * *

우리는 버스를 타고 텐진으로 이동했다. 창 너머로 새파란 하늘과 흰 구름, 높고 낮은 무채색의 건물들, 성냥갑처럼 작은 자동차들이 보였다. 이국의 언어로 쓰인 간판들이 생경했다. 자신을 믿으라던 이십 년 경력의 여행 가이드는 모든 과정을 막힘없이 진행했다. 엄마 손을 잡고 걸음마를 하는 아이처럼 나는 주현이 손짓하는 방향으로 걷고, 안내하는 곳으로 움직였다.

"여기야. 다 왔어."

주현이 데려간 곳은 후쿠오카의 유명한 라멘 식당이었다. 12층 건물 층층마다 붉은색 갓등이 초록 줄에 매달려 있었는데, 마치 커다란 선물 상자처럼 보였다. 직원의 안내에 따라 식당 안으로 들어갔다. 주현이 능숙하게 주문을 했다.

"진짜 너는 이제 여기 사람 다 됐네. 그냥 일본 사람 같아."

"이십 년 넘었으니까 생활하기에는 크게 불편한 게 없지. 그렇다고 일본인이 된 건 아니고."

"나쁜 뜻으로 말한 건 아니야."

"나도 알아."

이번에도 주현이 대수롭지 않게 말을 넘겼다. 그리고 이내 무표정한 얼굴이 되었다.

안펑을 벗어나고 싶다는 건 우리 두 사람의 공통점이었지만 한 가지 다른 게 있었다. 주현은 가족 모두와 탈출하기를 원했고, 나는 혼자서라도 떠나려 했다는 점이다. 그녀는 무리를 이끄는 철새의 우두머리처럼 무슨 일이든 가족을 최우선으로 생각했다. 좋은 일이 생겨도, 나쁜 일이 생겨도 부모님과 동생들부터 챙겼다. 그렇다고 해서 주현의 가족이 특별히 화목하거나 우애가 깊은 것도 아니었다. 굳이 말하자면 무뚝뚝하고 냉랭한 집에 가까웠다. 나는 주현이 혼자서 가족들을 짝사랑하는 게 아닐까, 혹은 내가 모르는 가족의 비밀이 있는 것은 아닐까 하고 의심했었다.

여기에 우리집이 없잖아.

나와 자신의 상황이 다르다는 걸 주현은 한 문장으로 정리했다.

산 아래 사람들에겐 똑같아 보이는 안평이지만, 이곳에서도 차이가 존재했다. 토지와 건물을 정식으로 구입해서 사는 주민과 토지는 없지만 건물 소유권만 있는 주민, 토지와 건물 전부 무허가인 상태로 사는 주민이었다. 우리집은 첫번째에 해당했고, 주현이네는 마지막에 포함되었다. 담을 공유했지만 엄밀히 말하면 그 담은 너희 거라고, 우리집은 담이 없다고 주현이 말했었다. 언제든 이곳에서 쫓겨날 수 있으며, 국가도 안평 사람들도 자신들을 보호해주지 않는다고 했다.

우리 엄마가 언제 담벼락 가지고 뭐라 한 적 있어? 네 동생이 벽에 낙서하고 벽돌 깨뜨려도 아무 말 안 하잖아!

소유권을 구분하는 주현이 야속했다. 언제부터 내 것과 네 것을 구분했는지, 김정숙과 박순자도 하지 않는 구별 짓기를 왜 주현이 하고 있는지 의아했다. 평소에도 그런 생각으로 나를 대하고, 우리집에 왔는지 따져 묻고 싶었다.

그런 뜻이 아니잖아. 너야말로 모르는 척하지 마!

주현이 언성을 높였다. 짙은 눈썹을 위로 올렸다가 내리더니 이내 무표정한 얼굴이 되었다. 더이상 선을 넘지 말라는 무언의 경고였다.

그걸 왜 네가 책임을 져? 아저씨, 아줌마 다 계시는데! 동생들도 있잖아!

나는 경계선 안으로 뛰어들었다. 그녀를 흔들어서 어지럽게 만들고 싶었다. 나를 두고 일본에 가겠다는 것도 믿을 수 없는

데, 그 이유가 가족이라는 것은 더욱 싫었다. 주현은 미동 없는 얼굴로 마땅히 자신이 그래야 한다며, 그렇게 하는 것이 더 편하다고 대답했다.

결국 주현은 일본으로 갔다. 관광버스 앞자리에 서서, 노란 깃발을 흔들면서 여행객을 인솔했다. 족저근막염과 다리 부종이 사은품처럼 따라왔다. 정맥순환제와 멀미약을 영양제 대신 먹으면서 꿋꿋이 일했다. 그렇게 번 돈을 안평으로 송금했다. 그녀의 엄마 김정숙이 했던 것처럼 월급의 70퍼센트를 보냈다.

김정숙은 박순자를 초대해서 딸이 보낸 코끼리 밥솥과 보온 물병, 동전파스, 녹차초콜릿을 자랑했다. 그 순간만큼은 오랜 벗인 박순자에게 꿀리지 않는다는 듯 당당하게 굴었다. 박순자를 비롯한 안평의 어머니들이, 저런 효녀가 어디 있어? 열 아들 안 부러워, 라며 침이 마르도록 칭찬했다. 다음에 또 줄게. 김정숙이 동전파스와 녹차초콜릿을 나눠주며 생색을 냈다. 주현이 보면 기뻐했을 장면이었다.

거기 말고 조금 더 아래로. 그렇지 그 옆에.

박순자의 등과 어깨에 동전파스를 붙여주면서 나는 주현을 떠올렸었다. 나와 주현을 비교하는 박순자 때문에 미울 때도 있었다. 혼자 가서 어때? 칭찬받아서 좋아? 때때로 그녀를 원망했고 자주 그리워했다.

"일은 괜찮아?"

"매번 비슷하지 뭐. 한일 간 정치 이슈가 생길 때마다 주춤했다가 시간 지나면 회복되고…… 코로나 바이러스 때문에 관광객이 아예 없었을 때가 제일 힘들었지."

주현이 애써 웃어 보였지만 눈빛이 그러지 못했다.

"민규는 잘 지내지?"

나는 분위기를 전환하고자 화제를 돌렸다. 아들 이야기에 주현의 얼굴이 조명을 비춘 듯이 환해졌다.

"잘 지내. 입대 날짜 나와서 휴학하고 아르바이트중이야. 군대 가기 전까지 여행이나 다니면서 놀면 좋은데 엄마, 아빠 부담 덜어줄 거라고 계속 일을 하네. 지영이는 어때?"

"말도 마. 이제 사춘기인지 말도 안 듣고, 공부는 관심도 없고. 맨날 친구들이랑 몰려다니면서 화장이나 하고. 에휴."

후쿠오카행 비행기를 탄 여러 이유 중에 딸아이 지영이 포함되어 있었다. 지영은 같은 집에서도 제 방문을 걸어 잠그고 나오지 않았다. 어쩌다 마주치면 나를 노려보며 성질부터 냈다. 딸의 마음을 짐작조차 할 수 없어서 답답하고 무력했다.

나는 젓가락을 내려놓고 생맥주잔을 들었다.

"우리도 그 나이 때는 그랬잖아. 다 지나가더라."

출산과 육아를 먼저 겪은 주현이 나를 위로하듯 말했다. 잔을 들어서 내 유리컵에 부딪쳤다. 맥주 거품이 넘치지 않을 정도로 가볍게 흔들렸다.

주현은 자신처럼 한국에서 온 남자 가이드와 결혼했다. 월세를 아끼기 위해 동거를 했고, 계획에 없던 임신으로 혼인신고를 서둘러 했다. 타국에서 여자 홀로 사는 것보다 안전하다며 오히려 잘된 일이라고 했었다. 그렇게 아이를 낳고 백 일 만에 다시 가이드 일을 했다.

"민규 반만 닮아도 좋을 텐데. 자식 일은 내 마음처럼 쉽지 않네."

"걱정하지 마, 애들 크면 정신 차리게 돼 있어."

주현이 큰언니처럼 반복해서 나를 다독였다.

지금도 주현은 월급의 일정 부분을 한국으로 송금했다. 민규가 장학금을 받아도 서울의 높은 물가를 생각하면 생활비를 안 보낼 수가 없다고 했다. 일본에서 태어나 일본에서 학창 시절을 보낸 민규는 한국에 있는 대학교로 진학했다. 일본 대학교가 더 낫지 않냐는 물음에 주현은 꼭 그렇지 않다며, 한국 사람은 한국에서 사는 게 맞다고 답했다. 나는 글로벌 시대에 무슨 말이냐며, 시대를 역행하는 소리 하지 말라고 대꾸했었다. 연고 없는 타국에 혈혈단신으로 간 네가 할말은 아니지 않냐며 은근히 뒤끝을 부리기도 했다. 그런 나를 향해 주현이 속 편한 소리 한다고 수화기 너머에서 말했다. 눈앞에 없지만 주현이 나를 어떻게 보고 있을지 상상이 되어, 나는 서둘러 전화를 끊었다. 종료 버튼을 누르고도 끓어오르는 상념에 멍하니 앉아 있었다.

민규의 의사가 반영되지 않은, 주현의 생각임이 분명했다. 가족과 집, 고향에 대한 그녀의 맹목적인 신뢰와 집착에 가까운 애착이 나는 무서웠다. 차라리 민규를 통해서 자신이 누리지 못한 여유와 낭만을 대리만족하고 싶다고 말하는 편이 더 납득하기 쉬울 것 같았다.

드륵, 드륵드륵. 휴대전화기가 울렸다. 화면에 뜬 이름을 나는 물끄러미 쳐다봤다. 선뜻 손이 가지 않았다.

"전화 안 받아?"

주현이 휴대전화기를 곁눈질했다.

"급한 전화 아니야."

나는 전화기 대신에 맥주잔을 들었다. 알코올을 입안 가득 머금고 천천히 목구멍으로 흘려보냈다. 시간을 끄는 사이에 전화가 끊겼다. 부재중 통화 목록에 언니와 오빠의 이름이 나란히 새겨져 있었다. 전화기를 꺼놓지도 못하고, 그렇다고 받지도 못하는 스스로가 한심스러웠다. 국경을 넘어서까지 따라온 이름 때문에 관자놀이가 지끈거렸다.

* * * * *

호텔 방은 작고 좁았다. 싱글 침대 두 개가 나란히 놓여 있고, 맞은편 벽에 테이블과 미니 냉장고, 에어컨이 있었다. 배낭과 크로스백을 내려놓으니 한 사람이 지나다닐 공간이 간신히 남았다. 나는 인터넷에서 본 방과 비슷하다며 너스레를 떨었다. 주현이 일본의 비즈니스호텔이 이렇게 작다며 뒷머리를 긁적였다.

샤워를 하고 침대에 누웠다. 불을 끄자 방안이 순식간에 암흑으로 변했다. 암막 커튼을 치지 않아도 창문을 가린 앞 건물 때문에 저절로 빛이 차단되었다. 오토바이 지나가는 소리가 희미하게 들렸다. 결국 주현이 일어나서 침대 헤드에 달린 수면등을 켰다. 적당히 낮은 조도의 불빛에 마음이 울렁였다.

"옛날 생각나네."

건너편 침대에서 주현이 나를 향해 누웠다. 안평의 작은 방에 누워 있는 느낌이었다.

주현이 보낸 외화로 남은 가족들이 이사를 했다. 산 아래 신축 브랜드 아파트로 갈 것을 예상했는데, 김정숙은 안평 안에서 국가로부터 허가가 난 땅과 집을 정식으로 샀다.

이게 뭐예요? 주현이가 얼마나 힘들게 일하고 있는데 그 돈을 이렇게 써요?

나는 주현의 제일 친한 친구라는 이름으로 그녀의 가족들에게 목소리를 높였다.

전부 주현이가 결정한 일이야. 나도 큰애가 얼마나 힘들게 번 돈인지 아는데 내 마음대로 돈을 쓰겠니.

김정숙이 내 눈을 피하지 않고 나지막하게 말했다.

뒷덜미가 서늘했다. 나는 주현의 많은 것을 안다고 여겼는데, 심지어 그녀가 자신에 대해 깨닫지 못하는 사소한 부분까지 알고 있다며 자신했는데. 김정숙이 한 말은 내가 주현에게서 들어본 적 없는, 낯선 말이었다.

"어머니 장례식에 못 가서 미안해."

"……"

"다음에 한국 가면 무조건 어머니 찾아뵐게."

"그래."

나는 들릴 듯 말 듯 작은 목소리로 대답했다.

작년 가을, 박순자가 마을버스에서 내리다가 넘어졌다. 살짝 넘어졌는데 오른쪽 무릎 연골이 찢어졌다. 정형외과 의사는 연골은 재생이 불가능하니 앞으로 더 조심해야 한다고 당부했다. 안평은 경사가 심한 마을이었다. 성인 두 명이 나란히 걸으면 어깨가 닿는 골목과 시멘트 바닥이 나무껍질처럼 벗겨진 길들이 퍼져 있었다. 박순자는 지팡이를 짚고, 때론 유아차와 끌차를 보행 보조기 대신 밀면서 걸어다녔다. 비가 그친 사이 외출을 했고, 배달 오토바이를 피하다가 또 넘어졌다. 이번에는 고관절이 부서졌다. 혼자서 일어서거나 걸을 수 없게 되었다.

어떡하긴. 요양병원으로 모셔야지.

언니와 오빠의 반응은 같았다. 거동이 불편한 엄마를 혼자 둘 수 없고, 자신들의 집으로 모시기도 어렵다는 거였다. 엄마를 요양병원에 보내는 게 싫었지만, 딱히 반대할 수 없었다. 입

밖으로 꺼내는 순간 언니와 오빠가 할 말이 무엇일지 훤하게 읽혔다. 남편과 지영에게 아쉬운 소리를 하기도 싫었다. 나는 못 이기는 척 그 제안에 동조했다.

"어머니가 비빔국수를 진짜 잘하셨지. 여름에 매실장아찌 넣어서 국수 비벼주시면 얼마나 맛있던지. 내가 입덧 때문에 아무것도 못 먹었는데 그 매실장아찌가 너무 먹고 싶은 거야. 국제전화 걸어서 엄마한테 사정했었다니까. 은경이 이모한테 부탁해서 장아찌 좀 만들어달라고. 안 되는 줄 알면서도 한 말이었는데 정말 어머니가 배편으로 매실장아찌랑 밑반찬, 김이랑 말린 미역을 한 박스나 보내주신 거 있지?"

엄마는 내게 그런 말을 한 적이 없었다.

"나 박스 붙잡고 엉엉 울었잖아. 내가 이래서 안평을 못 잊어. 안평 사람들이 다 내 부모님이고 가족이지 싶어서."

나는 주현 쪽으로 몸을 돌려 누웠다. 그녀의 눈이 감격과 그리움, 애달픔으로 출렁였다. 눈가가 촉촉해지더니 뺨을 타고 눈물이 흘러내렸다. 분명히 나와 주현은 같은 공간에서 같은 시절을 보냈는데, 왜 우리는 그곳을 다르게 기억하는 걸까. 도대체 안평은 어떤 곳일까. 안평은 무엇일까.

주현이 떠나고 반년 뒤, 나도 그곳을 떠났다. 시내버스로 삼십분 걸리는 동네에 작은 방을 구했다. 월급의 반을 월세로 쓰고, 다시 반을 생활비로 사용했으며, 나머지의 반을 겨우 저축했다. 박순자에게 월급을 보내는 일은 하지 않았다. 그렇게 버텼지만 훔쳐보던 네온사인과 브랜드 아파트에는 끝내 도달하지 못했다.

"울긴 왜 울어."

팔을 뻗어 주현의 손을 잡았다. 이제야 조금, 아주 간신히 너의 마음을 알 것도 같다 말한다면, 너는 내 말을 믿을까. 안평이 우리에게 무엇이었는지 다시 고민하게 되었다고 말한다면 너는 어떤 표정을 지을까. 차마 그 말을 꺼낼 수 없어서 나는 맞잡은 손에 온기를 조금 더 보태었다.

"전화는 왜 안 받아."

"받으면 무슨 말 할지 뻔해서."

"그래도 언제까지 안 받을 수는 없잖아."

주현이 내게 일어난 일을 이미 알고 있다는 듯 타일렀다.

"알아. 근데 나도 어떻게 해야 할지 모르겠어⋯⋯ 너한테는 전화 안 왔어?"

"안 오긴. 그놈들이 어떤 놈들인데 안 하겠니? 국제전화까지 해서 집 팔라고 얼마나 성화를 부리는지."

주현에게 전화를 건 사람과 내게 전화를 한 사람은 달랐다. 하지만 그들의 목적과 이유는 데칼코마니처럼 닮아 있었다.

면회를 갈 때마다 박순자는 집에 가고 싶다고 했다. 걷고 서는 것 말고는 다 할 수 있다며, 집에 가서 자기 손으로 밥을 차리고 텃밭을 가꾸고 싶다며 아이처럼 졸랐다.

일어서지를 못하는데 그걸 어떻게 해? 말이 되는 소리를 하라고!

 엄마가 좋아하는 과일과 빵이 든 비닐봉지를 내팽개치며 나는 소리 질렀다. 엄마에게 미안한 마음이 들수록, 죄책감에서 벗어나기 위해 더 크게 화를 냈다.

 은경아, 이상한 일이다. 밤마다 집에서 소리가 난다. 푸우— 흐흡— 하는 소리가 규칙적으로 나는데 꼭 누가 내 귀에 대고 숨을 쉬는 것 같다니까. 자세히 보면 벽이 부풀어올랐다가 가라앉기도 하고. 신기하다, 차암.

 입원 기간이 길어질수록 박순자가 이상한 말을 했다. 실제와 가상, 꿈과 현실, 과거와 현재와 미래가 뒤죽박죽 섞인 말들을 두서없이 내뱉었다. 기억의 퍼즐 판을 제멋대로 이동해서 아무 자리에나 쑤셔넣었다.

 집에서 소리가 나긴 무슨 소리가 나. 그런 말 좀 하지 마! 여기 병원이야. 전부 의사, 간호사 선생님이잖아. 옆 침대에 아줌마 안 보여? 계속 그런 말 하면 엄마 여기에도 못 있어!

 나는 무섭게 인상을 썼다가 울었다가 다시 어르기를 반복했다. 병원에 처음 왔을 때는 다리와 무릎만 고장이었는데, 시간이 흐를수록 정신과 기억에도 거무튀튀한 녹이 스는 것 같았다.

"언니랑 오빠는 빨리 팔자는 거지?"

 주현이 물었다.

"그렇지. 어차피 부동산에 내놔도 들어온다는 사람은 없고,

팔리지도 않고. 재개발 이야기가 나올 때 해결하는 게 우리한테도 좋은 일이라고. 너는 어떻게 할 거야?"

오 년 전, 김정숙은 폐암으로 세상을 떠났다. 그 시절 신발공장, 고무공장, 섬유공장에서 일했던 노동자들의 폐암 발병률이 매우 높다는 추적 보도가 나왔다. 산재 처리, 보상을 운운하는 사람이 있었지만 이미 도산해버린 공장측이 오십 년 전 일을 배상할 리는 만무했다. 김정숙이 죽고 주현이 안평 집을 상속받았다. 상속이라고 하기에는 그녀의 돈으로 산 집이니 원래 주인을 찾아갔다고 하는 게 옳은 표현이었다. 이사 온다는 사람이 없어서 집은 계속 비어 있었다.

"글쎄, 지금은 여기 있으니까 당장은 못 팔지. 팔고 싶지도 않고. 근데 언제까지 그럴 수 있을지 모르겠어."

"너는 끝까지 안 판다고 할 줄 알았는데 의외네."

"그래? 나도 할 만큼 했잖아."

주현이 천장을 향해 누웠다. 옆얼굴에 짙은 그림자가 드리워졌다.

* * * * *

다음날, 우리는 하카타역에서 신칸센을 타고 기타큐슈시의 고쿠라역으로 갔다. 거기서 다시 로컬기차로 갈아탔다.

"너도 참 유별나다. 이 나이에 스페이스 월드라니."

주현이 나를 보며 놀리듯 말했다.

"너도 가고 싶어했잖아."

"그건 꿈 많던 여중생 때 이야기이고."

열차 좌석에 나란히 앉아서 우리는 싱거운 농담을 주고받았다.

"거기 아무것도 없다고 나 분명히 말해줬다. 직접 보고 딴소리하면 안 돼."

"알았어."

나는 그럴 일이 없다는 뜻으로 몇 번이나 고개를 끄덕였다.

교실 뒤편 학급문고에는 다양한 책들이 많았다. 부임한 지 얼마 안 된 담임은 사비를 들여 과학잡지 〈뉴턴〉을 정기구독했지만, 연예인과 순정만화, 로맨스 소설에 열을 올리던 사춘기 소녀들에게 과학잡지는 찬밥 신세였다. 아무도 관심을 두지 않아서 그 잡지는 오롯이 나와 주현이 차지할 수 있었다.

우리는 〈뉴턴〉을 통해 안평의 밤하늘을 수놓는 수많은 별들의 이름을 알게 되었다. 겨울밤 유독 반짝이는 세 개의 별과, 그 별들을 기준으로 그물처럼 펼쳐지던 다른 별들, 별들을 이으면 나오는 거대한 그림과 별자리. 그리고 별자리에 기록된 성스러우면서 불경한 신화까지. 산 아래 도시의 인공 빛보다 머리 위 하늘의 찬란한 빛에 몸과 마음을 온통 빼앗겼었다.

주현아, 이것 봐. 여기 가면 우주 체험을 할 수 있대.

잡지 뒷면에 크게 소개된 내용은 일본 규슈 후쿠오카현 기타큐슈시에 개장한 '스페이스 월드'였다. 지구에서 우주를 체험할 수 있도록 만든 세계 최초의 우주 테마시설로, 청소년들을 위한 천문학 강연과 우주 비행사 체험을 할 수 있는 캠프가 열린다고 대대적으로 광고했다.

가고 싶다.

엄청 비싸네.

주현이 사진 아래에 조그맣게 적힌 캠프 비용을 가리켰다.

중학생의 지적 호기심과 허영을 위해 지불하기에는 상상할 수 없는 금액이었다. 설사 금액이 합리적이었다 한들, 여권조차 없는 김정숙과 박순자에게 해외 캠프를 운운하기는 어려웠다.

우리 스무 살 넘으면 꼭 가자. 비행기 타고 우주선이랑 천체망원경 구경하러.

나와 주현이 새끼손가락을 걸고 약속했었다. 그리고 나는 주현이 화장실을 간 사이에 '스페이스 월드' 사진이 나온 페이지를 찢어 재빨리 교복 호주머니에 넣었다. 밤마다 사진을 보며 아폴로 11호를 타고 안평에서 탈출하기를, 핼리혜성보다 빨리 날아서 은하수에 도착하기를 바랐다. 무한한 우주에서 내려다보면 동그란 지구도, 산 위의 안평도, 반짝이는 도시도 모두 하찮게 보일 것 같았다. 상상 속의 그 광경이 나를 숨쉬게 했다.

기차가 스페이스 월드역에 도착했다. 우리는 개찰구를 통해 역사를 빠져나왔다.

스페이스 월드역에 스페이스 월드는 없었다. 정말 흔적조차 남아 있지 않았다. 그곳은 부실 경영과 사건 사고로 2018년에 폐업했다. 넓은 부지와 각종 시설물은 한동안 방치되어 있다가 한 기업이 인수하여 허물고 아울렛 쇼핑몰로 탈바꿈시켰다.

"내 말이 맞지? 베테랑 가이드 일정에는 없는데 고객님의 니즈로 온 거다, 진짜."

"그냥. 한 번쯤 와보고 싶었어."

저 멀리 단층의 상가들과 붉고 푸른 간판들, 주차장으로 들어가는 자동차들이 보였다.

나는 찬란했던 어느 한 시대가 완전히 허물어진 광경을, 광활한 우주가 차가운 아스팔트 바닥으로 전락해버린 실제를 보고 싶었다. 괜한 미련 갖지 말라고, 냉혹한 현실은 나의 작은 기대나 헛된 희망으로 바꿀 수 없다고, 이제 와서 내가 아쉬워한들 안평을 되돌릴 순 없을 거라고. 스스로에게 다짐하듯 말하고 싶었다.

결국 박순자는 지난달, 요양병원에서 눈을 감았다. 안평의 좁은 화장실보다 훨씬 작은 간이침대가 엄마의 마지막 안식처였다. 장례식을 치르고 일주일 뒤에 짐을 정리하기 위해 안평에 갔었다.

대문을 밀고 들어갔다. 문 여는 소리에 마당에 있던 고양이 서너 마리가 빠르게 도망쳤다. 푸르죽죽하게 곰팡이가 슨 벽과 풀이 무성한 마당, 지붕에서 떨어진 슬레이트 조각이 보였다. 마당 한쪽에 능소화가 피어 있었다. 주홍빛 꽃송이가 징그럽도록 생생했다.

집안 상황도 크게 다르지 않았다. 창틀에는 먼지가 두껍게 쌓였고, 싱크대는 바싹 말라 있었다. 안방 문을 열었다. 자개 화장대 위에 약봉지가 있었다. 그 옆으로 나와 언니, 오빠 사진과 손주들, 사위, 엄마의 사진이 나란히 놓여 있었다. 우리집을 배경으로 모두가 티 없이 환하게 웃고 있었다. 빈 벽에는 손주들이 그려놓은 그림들과 낙서들이, 서랍 속에는 꼬깃꼬깃 접어놓은 종이배와 비행기가 있었다.

엄마가 끝까지 지키고자 했던 것이 무엇이었는지, 왜 이곳으로 다시 돌아오고 싶어했던 건지. 자꾸만 피어오르는 생각에 어지러웠다. 코끝이 찡해져서 나는 몇 번이나 코를 훌쩍였다. 이곳에서 보낸 유년 시절과 주현과 주현의 엄마 김정숙을 떠올렸다. 모두가 떠난 안평에 나만 덩그러니 남은 것 같았다. 그러다가 들었다. 푸우— 내쉬다가 흐흡— 하고 마시는 소리를. 들숨과 날숨이 반복되었다. 벽들이 부풀어올랐다가 서서히 납작해졌다. 그러니까 집이 '숨쉬고 있었다'.

나는 엄마가 했던 말들이 떠올라 참을 수 없었다. 눌러뒀던 울음과 납작해진 기억과 감정들이 순식간에 부풀어올라서 나를 사로잡았다. 걷잡을 수 없는 상황에 나는 무방비로 노출되었다. 그 속에서 내가 할 수 있는 일이란 온기 없는 방바닥에 주저앉아 울고 또 우는 일이었다.

그대로 돌아가는 게 아쉬워 우리는 그 일대를 걸었다. 자연사박물관, 환경박물관으로 교복을 입은 학생들이 들어갔다. 공터에서 때에 찌든 비둘기들이 대가리를 흔들며 걸어다녔다. 가끔씩 개를 데리고 산책하는 이들이 우리를 스쳐지나갔다.

쇼핑몰 지역을 벗어나니 언덕이 나왔다. 언덕이라기보다는 작은 산에 가까웠는데, 능선을 타고 지붕이 낮은 집들이 모여 있었다. 좁은 골목길과 담장이 없는 집, 혹은 하나의 담을 공유한 집이 안평의 집들 같았다. 인적이 드문 도로와 한산한 거리도 비슷했다.

"여기 우리 동네랑 닮았네."

주현도 같은 생각을 했는지 나를 바라보며 주절거렸다. '우리 동네'라는 표현이 정겨워서 나는 빙그레 웃었다. 집들과 집들, 골목과 골목으로 이어진 길들을 따라 걸었다. 9월인데도 낮에는 한여름처럼 더웠다. 이마 위로 땀이 끈적하게 흘렀다. 이따금 시원한 바람이 불어서 땀을 식혀줬다.

대문을 활짝 열어놓은 집이 나타났다. 문 앞과 골목에 나무 모종, 꽃, 뜯지 않은 거름 포대와 삽, 화분이 잔뜩 쌓여 있었다. 이마에 수건을 동여 묶은 사람들이 묘목을 부지런히 대문 안으로 옮겼다.

"마당 공사하는 건가?"

내 말을 들은 주현이 두 눈을 반짝였다.

"뭐 하는지 물어볼게."

주현을 따라 나도 대문 안으로 들어갔다.

집은 밖에서 본 것보다 더 낡고 황폐했다. 창문은 이미 깨졌고, 지붕은 한쪽이 내려앉았다. 건물 외벽은 담쟁이덩굴이 차지하고 있었다. 무성하게 자란 잔디에서 시큼한 풀냄새가 났다. 실은 이 골목에 들어왔을 때부터 이와 같은 집들이 보였다. 나와 주현이 동시에 생각한 우리 동네의 모습에는 이런 장면도 포함되어 있었다.

"집수리하시는 거예요?"

주현이 포대를 옮기는 남자에게 다가가 일본어로 질문했다.

남자가 나와 주현을 멀뚱히 쳐다보더니 무슨 일이냐고 되물었다. 주현이 내가 알아듣지 못하는 말을 한참 동안 하고 나자, 남자가 흙바닥에 거름 포대를 내려놓으며 말했다.

"사람들이 떠난 마을에 빈집이 많아지고 있어요. 폐가, 흉가로 변한 집들이 골칫거리가 되고 있지요. 재개발을 한다, 새로운 사업을 한다, 이런저런 계획이 많은데요. 우리는 다른 관점이 필요하다고 의견을 모았어요."

여기까지 말한 남자가 이마에 묶은 수건을 풀어서 목덜미를 닦았다. 머리카락이 방금 샤워를 하고 나온 것처럼 땀에 젖어 있었다.

"집을 허물거나 부수지 않고 다시 자연으로 보내는 운동이에요. 나무와 꽃, 씨앗과 열매를 심어서 수명을 다한 집이 자연의 일부가 되도록 기다려주는 거지요. 시간이 오래 걸리더라도 인간을 위해 수고한 집이 천천히 쉴 수 있도록, 죽음을 맞이할 수 있게요."

남자는 자신들의 프로젝트가 뜻을 같이한 집주인의 동의가 있었기에 가능한 일이라고 덧붙였다. 실험적인 이 프로젝트가 성공할 수 있도록 응원해달라고 말했다.

자연으로 돌아가는 집이라. 언젠가 사진으로 본 앙코르와트의 거대한 나무와 성들이 떠올랐다. 지붕과 문을 뚫고 생생하게 자라던 나무들, 연둣빛 잎사귀와 황갈색 낙엽으로 뒤덮인 사원. 시간의 흐름 속에서 자신만의 속도로 이별하던 사물들.

집에도 그런 애도의 시간이, 죽음을 받아들이고 새로운 무언가가 될 수 있는 기다림의 세계가 필요한 거겠지. 안평의 집들도 그걸 바라고 있을까? 밤하늘의 별자리가 들려주는 신화를 듣는 시간을, 여린 새싹이 울창한 숲이 되는 세월을. 김정숙과 박순자와 주현과 나의 시대마저 기억할 수 없게 되는 아득한 공간을.

통역을 끝낸 주현은 말이 없었다. 혼자만의 생각에 골똘히 빠져 있었다. 나는 그런 주현을 부르지 못하고 바라만 봤다.

드륵, 드륵드륵. 크로스백에 넣어둔 휴대전화기가 요란하게

스페이스 월드 **143**

울렸다. 서둘러 전화기를 꺼냈다. 언니의 전화였다. 지금 내가 보고 들은 이야기를 언니와 오빠에게 전하면 뭐라고 할까? 말도 안 되는 소리라고 화를 낼까, 조용히 비웃을까? 엄마는 뭐라고 대답할까? 나 혼자서 해결할 수 없는 일이지만, 그럼에도 말이야…… 눈앞의 작은 묘목들이 자꾸만 내게 와 속삭였다. 부재중 통화를 언제까지 피할 수는 없다고, 내가 국경을 넘어서 또다시 도망쳐도 전화는 울릴 거라고. 그 속삭임을 외면하지 않기 위해 나는 통화 버튼을 눌렀다. ■

아직 오지 않은 말

1.

조용한 저녁시간이었다. 아버지와 나는 식탁 앞에 마주앉아 밥을 먹었다. 된장찌개와 김구이, 콩나물무침과 잡곡밥 등 특별할 것 없는 상차림이었다.

아버지는 말없이 밥을 먹었다. 콩나물무침이 심심하다거나 된장찌개의 감자가 설익은 것 같다는 식의 군소리도 없었다. 천천히 씹어 꿀꺽 하고 삼키는 행동만 반복했다. 나는 건너편에 앉아 아버지가 음식을 삼키는 속도에 맞춰 밥을 먹었다. 빨리 먹고 어색하게 기다리거나, 천천히 먹어 아버지를 기다리게 만들고 싶지 않았다.

"너무 조용하네."

평소와 다를 바 없는 식사시간인데 아버지에게는 유독 조용하게 느껴졌나보다. 늦가을이었고 창밖으로 마른 낙엽들이 우수수 떨어지고 있었다. 찬바람이 새어 들어올까 싶어 창문을 전부 닫아두었다. 도로 위를 달리는 자동차 소리마저 들리지 않았다. 집안에 두 사람이 살고 있는데 한 사람도 있지 않은 것처럼 고요했다. 나는 아버지를 쳐다보았다. 아버지는 괜한 말을 했다고 느꼈는지 큼큼, 하고 헛기침을 하더니 잡곡밥을 김에 싸서 먹었다.

나는 아버지에게 다정한 목소리로 이런저런 이야기를 할 생각이 없었다. 아버지도 알다시피 우리의 일상이란 너무나 단조롭고 뻔해서 공유할 만한 내용이라는 게 없었다. 하루 대부분의 시간을 아버지와 나는 같은 집에서 보냈다. 나는 작은방에서, 아버지는 큰방에서 나름대로 각자의 영역을 존중하면서 말이다. 우리가 얼굴을 마주하는 시간은 지금처럼 저녁 식사시간이 유일했다. 그마저도 내가 현석의 집으로 돌아갈 생각이 없어 보이자 아버지가 나를 방에서 나오게 하기 위해 만든 거였다. 아버지는 '혼자 먹기 싫어서 그래'라며 꼬리표를 붙였지만, 엄마가 떠난 후 십 년 이상 홀로 밥을 먹어온 아버지한텐 무뚝뚝한 딸과의 식사시간이 더 거북할 거였다.

"텔레비전이라도 켤까요?"

나는 의자에서 일어나 거실 탁자로 걸어갔다. 탁자까지 채 다섯 걸음이 되지 않았다. 작고 오래된 다세대주택에서 주방과 거실의 경계를 명확히 나누기란 어려웠다. 리모컨을 찾아 텔레비전을 켰다. 전국 팔도의 맛집을 소개해주는 방송, 추억의 스타를 소환해서 근황을 묻는 토크쇼, 한 알만 먹으면 하루 필수영양소를 충족시켜준다는 영양제 광고가 나왔다. 나는 채널을 바꾸며 아버지를 흘끔 쳐다봤다. 아버지의 눈과 귀를 사로잡을 만한 프로그램이 있는지, 이 침묵을 깨트려줄 방송이 있는지 찾아야 했다.

"이리 다오."

아버지가 숟가락을 내려놓고 빈손을 내밀었다. 나는 검은색 리모컨을 넘겼다. 아버지가 두껍고 억센 손가락으로 특정 번호를 능숙하게 눌렀다. 한때 국회의원이었으나 이제는 방송인이 된 남자와 배우라기보다는 예비 정치인에 가까운 여자 연예인이 나와서 국가의 미래와 세계 평화에 대해 걱정하고 있었다. 심각한 표정을 하고 격정적으로 말하는 남자와 여자가, 현직 정치인보다 더 정치인 같았다. 그들의 가슴 아래로 하얀 자막이 나타났다. 유심히 보지 않아도 한눈에 알아볼 수 있었다. 그러니까 거기에 아버지의 눈과 귀를, 몸과 마음마저 단박에 사로잡을 문구가 쓰여 있었다.

> 전두환 전(前) 대통령 사망

나는 자막의 내용을 바로 이해하지 못해 멍해졌다. 다시 읽었다. 자막 앞에 '속보'라는 안내판이 붙어 있었다. 검은 바탕에 쓰인 하얀 글씨가 사이렌 신호처럼 깜박거렸다. 신문과 책, 뉴스에서 보았던 한 남자의 얼굴이 떠올랐다. 고개를 돌려 아버지를 봤다. 아버지도 방금 전 내가 지었을 표정으로 화면에 시선을 고정하고 있었다. 문구의 의미를 확인하려는 듯 현실감 없는 목소리로 내게 물었다.

"저기…… 그러니까…… 죽었다는 거지?"

아버지의 목소리가 가늘게 떨렸다. 진폭을 달리하는 음성이 고스란히 전해졌다. 웬만한 상황에선 감정 동요를 하지 않는 아버지였다. 아버지는 자잘한 일에 마음을 쓰면 큰일을 해낼 수 없다고 말했었다. 그것이 결정권을 쥔 군인이 가져야 하는 자세이자 태도라고 했다. 직업군인이었던 아버지가 제대한 지 이십 년이 넘었지만, 아버지는 오십 년 전에 배웠던 자세와 태도를 아직도 신앙처럼 지켰다. 그런 아버지가 지금, 떨고 있었다.

"죽었다네요."

텔레비전을 보며 대답했다. 아버지와 같은 반응이 나오지 않았다.

출연자들은 여전히 대한민국의 미래와 세계 평화에 대해 격렬하게 토론중이었다. 볼륨을 높이지 않아도 그들의 목소리가 점점 커졌다. 커지는 목소리와 반대로 집안은 점점 고요해졌다. 텔레비전을 켜기 전보다 더 무겁게 가라앉았다.

2.

설거지를 끝내고 작은방으로 들어갔다. 침대 끝에 앉아 스마트폰으로 기사를 검색했다. 관련 기사들이 셀 수 없이 많이 나왔다. 몇 개를 클릭해서 읽었다. 신문사마다 비슷한 듯하면서도 다른 분위기의 기사를 쓰고 있었다. 이름 앞뒤에 붙은 호칭도 제각각이었다. 공통점이라면 기사에 사용된 사진이었다. 민머리에 테가 얇은 안경을 쓰고 군복을 입고 있었다. 남자가 가장 강한 권력을 가진 시기에 찍은 사진이었다.

똑똑― 방문을 두드리는 소리가 났다.

"다리미 못 봤니?"

아버지가 어색한 표정으로 서 있었다. 오른손에는 짙은 녹색 천에 위장무늬가 그려진 군복이 들려 있었다. 얼핏 보아도 깨끗했다.

"오랜만에 생각이 나서."

아버지가 말했다. 무엇이 생각난다는 걸까. 잔주름 없이 말끔하게 군복을 다려놔야 하는 이유가 무엇일까. 짐작이 되지 않았다.

"그걸 여태 가지고 계셨어요?"

무슨 말을 해야 할지 몰라 대답 대신 질문을 했다. 조금이라도 아버지의 생각을 알고 싶었다. 내 물음에 아버지는 방문 앞에서 보였던 표정을 다시 지으며 싱겁게 웃었다. 숨겨두었던 보물 상자를 들킨 꼬마처럼, 아니 보물 상자 속 싸구려 장난감

총을 은근히 들키길 바라고 있던 사내아이처럼 말이다. 그렇게 웃는 아버지의 표정에서 나는 어떤 희미한 기대와 그리움을 읽었다.

유년 시절의 아버지는 운동을 잘하는 똑똑한 아이였다. 하지만 자식이 많은 집안에서 장남이 아니었기에 특별히 부모의 관심을 받지 못했다. 소년 아버지는 자신의 인생을 스스로 개척해야겠다고 다짐했다. 다행인지 불행인지, 아버지가 성인이 될 무렵 나라는 급격하게 경제성장을 이루었다. 대한민국 역사상 가장 오랫동안 통치권을 지니고 있던 사람이, 개인보다는 단체와 국가의 성장을 부르짖으며 권력과 무력을 행사했다. 군인이 대통령이 된 첫번째 시대에 아버지는 군에 입대했다. 그리고 직업군인이 되었다. 통치권자의 전前 직업이 군인이었다는 사실이 아버지에게 얼마만큼의 영향을 주었는지는 모르겠다. 어쨌든 군인의 위상이 지금보다 높은 시대였음은 분명하다.

그렇게 군인 아버지를 둔 나는 태어난 직후부터 이사를 다녔다. 짧게는 육 개월, 길면 사 년, 평균 주기는 이 년이었다. 심플라이프가 유행인 시대가 아니었지만 우리집 세간은 단출했다. 새로운 도시에 이사를 가서도 다음 이사를 대비하며 짐을 늘리지 않았다. 잦은 전학과 이사가 아이의 내면을 얼마나 불안하게 하는지 부모들은 생각하지 않았다. 그런 것들을 고려하지 않은 시대였다. 마지막 종착지가 어디인지 모른 채 나와 엄마는 아버지를 따라 계속 떠돌았다. 모든 집들이 잠깐 머물다 가는 휴게소였다.

세번째 전학은 강원도 전방에서 최전방으로 했다. 전교생이 칠십 명인 작은 국민학교였다. 학생의 90퍼센트가 군인 가족의 자녀들이고 나머지 10퍼센트는 군부대 주위에서 생필품을 팔거나 음식점을 하는, 또는 술장사를 하는 가겟집의 아이들이었다. 어느 집이 무엇을 해서 먹고사는지, 누구 집 아빠의 계급이 무엇인지 아이들은 말하지 않아도 알았다. 부모의 직업과 계급이 아이들의 계급으로 통하는, 이상하고 독특한 사회였다.

그 신분제 사회에서 나는 양반으로 통했다. 같은 학년의 아이들 중 내 아버지의 계급이 가장 높았다. 나는 특별한 공약 없이 반장이 되었으며, 오디션을 통하지 않고 장기자랑의 센터 자리를 부여받았다. 내가 무언가를 특별히 요구하기 전에 아이들이 먼저 양보해주었다. 나는 그것들을 아무런 의심 없이 받아들였다. 내가 애쓰지 않아도 손쉽게 쥘 수 있던 항목들이 나의 머리와 체력, 능력에서 비롯된 결과물이라 믿었다.

"안녕하세요, 김유영입니다."

전학생이 왔다.

"저기가 우리집이야."

유영이 삼거리에 새로 생긴 프랜차이즈 치킨집을 가리켰다.

"저기가 너네 가게라고?"

반 아이들이 환호성에 가까운 목소리로 되물었다. 유영이 고개를 끄덕였다.

그때까지 번화가인 삼거리에서 먹을 수 있는 닭요리란 한방 약재를 넣고 장시간 푹 삶은 백숙과 몸통 전체를 기름에 튀겨내는 통닭이 전부였다. 아이를 동반한 가족이 외식을 할 만한 식당이 거의 없는 동네였다. 삼거리 가게들의 주 고객은 외박이나 휴가를 나온 군인들이었다.

그런 동네에 프랜차이즈 치킨집이 생긴 것이다. 유영이네 가게에선 처음 보는 닭요리를 팔았다. 밀가루와 튀김가루를 묻혀 고온의 기름에서 짧게 튀겨내는 프라이드치킨과 케첩, 설탕을 섞어 만든 특제 소스를 바른 양념치킨이었다. 그중 양념치킨의 인기는 삼거리 가게들의 지형을 바꿀 만큼 폭발적이었다. 정사각형의 하얀 무와 탄산이 시원하게 터지는 콜라도 양념치킨과 궁합이 좋았다. 아이들은 아버지의 월급날이 되면 양념치킨부터 사달라며 졸랐다. 휴가 나온 스무 살 언저리의 군인들도 중국집과 실비집을 제쳐두고 치킨집으로 몰려갔다.

언젠가부터 유영과 나는 친구가 되어 있었다. 아이들은 유영의 선택을 받은 나를, 나의 선택을 받은 유영을 은근히 부러워했다. 그렇다고 해서 유영이 내게 잘 보이기 위해 억지로 노력한 것은 아니다. 그 애는 90퍼센트의 군인 가족으로 이루어진 사회에서 예외적인 10퍼센트에 해당했지만, 자신이 10퍼센트에 속한다는 사실을 의식하지 않았다. 유영은 키가 작고 몸집이 왜소했으며 늘 비슷한 옷을 입고 다녔다. 아무렇게나 자른 단발머리에 삼거리 시장에서 파는 저렴한 운동화를 신었다. 그럼에도 그 애는 자신만만한 표정으로 할일을 하고, 할말을 했다. 유영의 그런 모습은 90퍼센트의 아이들을 자연스럽게 압도했다. 나는 유영을 보면서 신분제가 있는 사회라면 그 애야말로 양반 중의 양반이 아닐까 생각했다.

"오늘 우리집에 놀러 와."

유영이 치킨집 안쪽에 딸린 방으로 나를 초대했다. 좌식 나무책상과 꽃분홍색 비닐옷장, 플라스틱 삼단 서랍 두 개가 놓인 간단한 살림이었다. 미색 벽지를 바른 벽에는 흔한 가족사진 한 장 없었다.

"네가 우리 유영이랑 제일 친한 진희라며? 이사 와서 적응을 잘할 수 있을까 아줌마가 걱정을 많이 했는데, 바로 친구를 사귀어서 얼마나 다행인지. 많이 먹고 재밌게 놀다 가렴."

"감사합니다."

유영 엄마가 동그란 나무상을 들고 왔다. 처음 본 유영 엄마는 일일연속극의 주인공처럼 예뻤다. 화장기 없는 맨얼굴에 긴 머리카락을 동여 묶었는데 이목구비가 또렷했다. 피로에 지친 얼굴과 부르튼 입술마저도 청순하게 보였다.

"너네 엄마 진짜 예쁘다."

방문이 닫힌 후에도 나는 유영 엄마의 뒷모습에서 시선을 떼지 못했다.

"내가 엄마를 안 닮아서 문제지."

유영이 작은 입을 삐죽였다.

"그럼 아빠 닮은 거야?"

나는 그렇게 질문을 던지고는 나무상으로 몸을 돌렸다. 상 위에는 유영의 대답보다 중요한 양념치킨과 하얀 무, 사이다가 놓여 있었다. 나는 망설임 없이 주황색 양념을 뒤집어쓴 닭다리를 집었다. 세상에! 이렇게 달달하면서 짭조름하고, 새콤하면서 상큼한 음식이 또 있을까? 유영은 매일매일 이런 음식을 먹으니 얼마나 좋을까! 양손과 입술에 양념을 잔뜩 묻히며 먹고 또 먹었다. 그런 내 모습을 보고 유영이 크게 웃었다.

"너희 아빠는 뭐 하셔? 한 번도 아빠 이야기를 못 들어서."

나는 두번째 닭다리를 들다가 무심코 물었다. 춘천통닭의 필남이 아버지처럼 주문 전화를 받고 배달을 가는 유영 아버지를 본 적이 없었다. 관사의 아버지들처럼 군모에 붙은 계급장으로 직책을 알 수 있는 것도 아니었다. 순간, 유영의 얼굴이 온도 조절에 실패한 닭튀김처럼 딱딱하게 굳었다. 마치 들으면 안 되는 질문을 들은 것처럼 어쩔 줄 몰라 했다.

"그건······ 조금 더 친해지면 말해줄게."

"여기서 어떻게 더 친해져? 이미 단짝 친구인데!"

나는 과장된 태도로 힘주어 말했다.

"다음에······"

외동딸인 유영이 나처럼 아버지를 닮은 건지 궁금했다. 그보다 더 깊숙한 진심은 유영이 정말로 다른 세계에 살고 있는지, 그 애의 진짜 신분이 무엇인지 확인하고 싶었다. 마음 한편에선 유영이 뼈대 있는 양반이 아니라 해도 기꺼이 받아들이겠다는 준비를 한 뒤였다. 받아들인다는 말이 이상하지만, 엄마보다 열 살이나 나이가 많은 여자들이 엄마에게 사모님, 사모님 하며 고개 숙여 인사하는 걸 보면서 자란 나는 그렇게 생각했다. 이런 생각을 하는 스스로가 편견과 차별이 없는 멋진 아이가 된 것 같아서 뿌듯했다.

 스승의날 행사로 아버지가 학교에 왔다. 나는 교장실 가죽 소파에 앉아 담임이 주는 오렌지주스를 아버지와 마셨다. 교장 선생님은 나처럼 훌륭한 학생은 서울로 전학 가더라도 잘할 것이라며 칭찬했다. 아버지가 진희 교육 때문에라도 다음엔 서울로 발령 신청을 하고 싶다고 덧붙였다. 또 전학이구나. 나는 작게 한숨을 쉬었다.
 진녹색 정복을 입은 아버지가 일일 교사가 되어 우리 반에 들어왔다. 주름 한 줄 없는 바지를 입고, 반질반질하게 닦인 검은 구두를 신었다. 아버지 어깨에 붙은 은색 계급장이 밤하늘의 별처럼 반짝였다.
 "여러분들이 잠을 자고 밥을 먹고 공부를 하는 시간에도 씩씩한 군인들이 적으로부터 우리나라를 지키고 있어요. 전쟁이

나면 가장 먼저 나서서 어린이 여러분과 국민들을 보호해줄 거예요. 그러니 여러분들은 아무런 걱정 없이 부모님, 선생님 말씀 잘 듣고, 친구들과 즐겁게 놀고 열심히 공부하면 됩니다. 알겠습니까?"

교탁 앞에 서서 아버지가 말했다.

"네!"

반 아이들이 합창하듯 답했다.

"우리 아빠도 훌륭한 군인이에요."

뒷자리에 앉은 동규가 말했다.

"알지, 동규 아버지도 훌륭한 군인이시지."

아버지의 반응에 아이들이 여기저기서 말들을 쏟아냈다.

"저희 아빠도 군인이세요. 지금 GOP 훈련 나가셨어요."

"우리 아빠는 대포차 운전을 해요. 엄청 커요."

"엄마는 멋진 간호장교예요. 아픈 군인들을 치료해주세요!"

아이들이 내뿜는 열기로 교실이 꽉 차올랐다. 아버지는 지치지 않고 아이들의 눈을 맞추며 대답해줬다. 제 부모를 자랑스럽게 여기는 아이들을 흐뭇하게 바라보았다. 물론 그 교실에서 자신의 아버지를 가장 자랑스러워하는 사람은, 다름 아닌 나였다.

"자자, 마지막으로 질문 있는 사람 있습니까?"

아버지가 동그란 벽시계를 본 뒤에 말했다. 삼 분단 둘째 줄에 앉아 있던 유영이 번쩍 손을 들었다. 아버지가 유영에게 손짓을 보냈다.

"모든 군인이 자기 나라 국민을 지키는 건 아니에요. 국민에게 총을 쏘는 군인도 있습니다."

차분하고 냉랭한 목소리로 유영이 말했다.

뜨겁게 타오르던 교실이 한순간에 조용해졌다. 두꺼운 얼음 카펫을 덮어버린 것 같았다. 유영은 허리를 꼿꼿이 세우고 앉아서 내 아버지를 정면으로 쳐다봤다. 쏘아보는 것 같다가, 무시하는 것 같기도 했다. 반 아이들이 유영과 아버지를 번갈아 보며 분위기를 살폈다. 군인들이 국민을 지키지 않는다니, 자기 나라 국민에게 총을 쏘는 군인이 있다니? 지금 무슨 소리를 하고 있는 거야? 유영이 말도 안 되는 이야기를 하고 있었다. 유영의 아버지가 무슨 일을 하는지 몰라도 군인이 아니라서, 우리나라 군인의 역할과 책임감을 몰라서 저런 말을 한다고 나는 생각했다.

아버지는 다음 말을 꺼내지 못했다. 당황한 것 같았고 화가 난 듯도 했다. 감정 동요가 없는 아버지가, 자잘한 일에 마음을 쓰면 큰일을 해낼 수 없다던 아버지가 유영의 말에 흔들리고 있었다. 반 친구들은 몰라도, 어쩜 아버지 스스로도 알아차리지 못한 찰나의 감정을 나는 읽고야 말았다.

딩동댕동.

아버지가 무언가를 말하려 할 때 쉬는 시간 종이 울렸다. 담임이 교실에 들어왔다. 나는 자리에서 일어나 차렷, 경례!

를 외쳤다. 아이들이 구령에 맞추어 담임과 아버지에게 감사합니다, 라고 인사했다. 진녹색 정복을 입은 아버지가 교실을 나갔다.

아이들은 아버지가 답하지 못한 내용과 유영의 발언에 대해 곧바로 잊은 듯했다. 교실 뒤편에서 잡기 놀이를 하고 삼삼오오 모여 공기놀이를 했다. 그리고 나는 정물처럼 앉아 있는 유영을 보았다. 유영은 고개를 똑바로 들고 입술을 굳게 다문 채, 아버지가 서 있던 그곳을, 교탁 너머를 집요하게 응시했다. 유영이 보고 있던 것은 무엇이었을까, 무슨 마음으로 그런 말을 했던 걸까. 나는 유영이 낯설어 한 발자국도 다가갈 수 없었다. 우리가 열한 살이던 1990년 봄의 일이었다.

3.
"일찍 일어나셨네요?"
"나이 들면 새벽잠이 없어져서."
아버지가 쌀을 씻어 전기밥솥에 안쳤다. 빨간색 버튼을 누르자 취사가 시작됐다.
"현석이 전화 좀 받아줘라."
냉장고에서 식재료를 꺼내며 아버지가 말했다. 나는 대답 대신 두부와 애호박을 받아 썰었다. 당번이 식사 준비를 해놓으면 각자 편한 시간에 아침, 점심을 먹는 게 우리의 룰인데.

아버지가 당번이 아닌데도 아침 준비를 하고 있었다.

"다리미는 찾으셨어요?"

다른 질문을 했다.

"현석이가 사과하는데 이제 좀 받아줘."

"다리미 못 찾으셨으면 새로 사다드릴까요?"

"진희야……"

"제가 다시 다리미 찾아볼게요."

"현석이가 미안하다잖니."

칼질을 멈추고 아버지를 쳐다봤다. 눈이 마주쳤다. 민머리에 쌍꺼풀이 진하게 생긴, 얼굴에 검버섯이 가득 난 늙은 아버지와.

"현석이가 일부러 그런 것도 아니잖아."

"몰랐다고 해서 잘못이 없어지는 건 아니에요."

손에서 칼을 내려놓았는데도 나는 칼자루를 쥐고 있는 것처럼 날카로웠다.

"살다보면 누구나 실수할 수 있잖아."

"실수요?"

칼날과 칼날이 허공에서 부딪쳤다. 차갑고 뾰족한 파열음, 금이 가고 깨지는, 여기저기 부서지는 소리들. 아버지가 조금 더 다가오면 나는 무슨 일이든 저지를 것 같았다.

아버지가 한 말을 현석도 내게 했었다. 사람은 누구나 실수를 한다고, 엄밀히 말하면 자신이 잘못한 일이 아니지 않냐고. 현석의 어머니가 내게 했던 부당하고 폭력적인 일들을 자신은 전혀 몰랐다고 했다. 이제라도 알았으니 대신 사과하겠다면서.

"미안하다."

현석의 말에선 아무런 감정이 느껴지지 않았다. 나를 보지 않고 거실 천장을 보고 있었다.

"미안하다니까."

"……"

"그럼 엄마가 여기 와서 너한테 잘못했다고 해야 돼? 무릎이라도 꿇길 원해?"

침묵을 못 이긴 현석이 소리쳤다. 그때서야 나는 이 상황을 직시하게 되었다. 내가 누구에게 화가 나 있는지, 누구에게 사과받기 원하는지를.

그의 말처럼 현석의 어머니가 내게 와서 사과할 확률은 희박했다. 그녀는 자신이 한 말과 행동이 시어머니라면 며느리에게 할 수 있는 당연한 일들이라 생각하고 있을 것이다. 설사 타인에 의해 제 행동을 돌아보게 되고, 그것이 자기 입장만을 일방적으로 강요하는 폭력적인 행동과 발언이었다는 것을 깨닫게 되었다 하더라도, 그녀가 나를 찾아와서 자신의 잘못을 시인하며 미안하다는 말은 하지 않을 거였다. 그것이 그녀가 살아온 방식이며, 이 땅의 시어머니와 며느리 관계에서는 일어나지 않을, 일어날 수 없는 일이라는 것을 나도 알고 있었다.

그렇다면 나는 현석의 말처럼 이제라도 그의 대리 사과를 현석 어머니의 사과로 치환해서 받아들여야 하는 것일까. 그는 어떤 감정으로 내게 미안하다는 말을 하고 있는 걸까. 잊고 있던 문제들이, 잊으려고 애써 덮어왔던 감정들이 튀어올랐다.

내 표정이 점점 일그러지는 것을 본 아버지가 고개를 돌렸다. 나 대신 칼과 도마를 잡았다. 연두색의 단단한 애호박이 뭉텅이로 썰려나갔다. 댕강댕강 떨어져나가는 애호박이 내 모습 같아서 나는 작은방으로 도망쳤다.

국민학교를 다섯 번 옮기는 동안 다양한 아이들과 선생님을 만났다. 진한 우정을 나눈 친구가 있었고, 심하게 싸운 후 절교를 한 친구도 있었다. 하지만 시간이 흘러도 기억하게 되는, 오히려 더 선명하게 생각나는 사람은 김유영이 유일했다. 전 씨의 사망 소식을 알리는 속보가 떴을 때도, 아버지의 군복을 봤을 때도 그 아이가 떠올랐다. 유영이 생각나서 나는 숨고 싶었다.

스승의날 이후로도 우리는 단짝이었다. 서로의 집을 드나들며 숙제를 하고 쉬는 시간이면 손을 잡고 화장실을 갔다. 유영은 제 아버지에 대해 말하지 않았다. 나도 묻지 않았다. 실은 유영 아버지에 대한 것보다 유영이 스승의날에 내 아버지에게 했던 말의 진의가 더 궁금했다. 하지만 나는 유영에게도, 아버지에게도 묻지 못했다. 아버지와 유영이 사실을 말해주지 않을 거라는 판단과, 사실을 말해준다 하더라도 내가 받아들이기 어려울 거대한 무언가가 있을 거라는 막연한 두려움 때문이었다. 나는 진실을 대면할 용기보다 호기심을 숨기고 지내는 쪽을 선택했다.

여름밤, 아버지가 술에 거나하게 취해서 들어왔다. 군복 여기저기 얼룩이 묻고 술과 음식물 냄새, 담배냄새가 진동했다. 엄마는 아버지를 타박하면서 군복 벗는 걸 도왔다. 소대 회식으로 한잔했다고, 식당에서 작은 소란이 있었다며 벌겋게 달아오른 얼굴로 아버지가 말했다.

"그 치킨집 주인 여자 말이야. 뭐 하던 사람이야?"

"누구? 진희 친구 집?"

아버지가 고개를 끄덕였다. 나는 요 위에 누워 실눈을 뜨고 엄마와 아버지가 하는 이야기에 귀를 기울였다. 얇은 이불이라도 있으면 숨어서 듣기 좋을 텐데. 덥다고 이불을 치워버린 엄마가 야속했다. 유영이 이야기가 나오니 가슴이 더 콩닥거렸다.

"정확히 아는 사람은 없는데 말들이 많더라고."

군부대 주변에서 홀로 딸을 키우며 식당을 하는 유영 엄마에 대한 소문은 이러했다. 얼굴이 반반해도 노래 실력이 없어서 뜨지 못한 트로트 가수라는 설, 부잣집 맏며느리인데 시댁이 망해서 강원도까지 떠밀려 왔다는 이야기, 젊은 남자와 바람이 나서 이혼하고 도망쳤다는 치정극 등. 한부모 가정의 엄마에게 붙을 수 있는 질 나쁜 스토리는 다 붙여놓은 것 같았다. 소문 속에 유영 아버지는 없었다.

"근데 치킨집 여자가 가끔씩 거시기 거시기 하면서 사투리를 쓴대. 박 소령 와이프 말로는 광주에서 그 일이 있었을 때 남편 잃고 유복자를 낳았다고. 고향에 계속 살기 힘들어서 여기저기 떠돌아다니다가 먼 강원도까지 와서 장사하는 거라던데."

엄마가 삼거리 가게와 관사 여자들에게 들은 풍문을 늘어놓았다. 이야기는 그것으로 끝이었다. 나는 뒷이야기가 정말 궁금한데, 그래서 유영 아버지는 뭐 하는 사람인지, 계급이 뭔지 이제야 궁금증이 풀릴 것 같은데. 아버지가 묻지 않으니 알 수가 없었다. 자리에서 벌떡 일어나 광주는 뭐고, 유복자는 뭐냐고, 쉽게 좀 설명하라며 졸라대고 싶었다.

아버지가 안방 등을 끄고 화장실로 갔다. 엄마는 오물이 잔뜩 묻은 군복을 들고 세탁기로 갔다. 샤워기에서 물이 쏟아지는 소리와 세탁기가 윙윙 돌아가는 소리가 작은 집을 가득 메웠다. 나는 선풍기가 없는 안방에 누워 엄마가 말한 내용을 상상했다. 유영과 유영 엄마와 유영 아버지를 그려봤다. 아무리 그려도 떠오르지 않아 멋대로 그림을 그렸다. 그리다가 지웠다. 지우다가 그렸다. 방안이 너무 더웠다. 땀인지, 식은땀인지 모를 물기로 요가 축축해졌다. 나는 완성되지 않는 그림을 그리다가 까무룩 잠이 들었다. 창밖에서 매미가 밤새도록 울었다.

며칠 후부터 삼거리에 유영 엄마와 내 아버지에 대한 이상한 말들이 돌았다. 소대 회식이 있던 날, 취한 아버지가 다른 장교와 사병들 앞에서 유영 엄마를 추행했다는 거였다. 치킨과 맥주를 서빙하던 유영 엄마가 화를 내자 아버지가 더 화를 냈다고. 회식 자리는 말리는 사람과 편드는 사람으로 아수라장이 되었다고 했다. 관사 안의 여자들이 찾아와 엄마를 위로했다. 남자가 사회생활을 하다보면 그럴 수 있어요. 혼자 사는 치킨집 여자가 먼저 꼬리 쳤을 거예요. 위로와 조롱이 교묘하게 섞인 말들이 위태롭게 찰랑거렸다.

반 친구들이 나와 유영을 주시했다. 우리가 싸우거나 절교하기를 기대하는 느낌이었다. 나는 그것들을 애써 모른 척했다. 무시하고 덮어두면 언젠가는 사라질 거라 믿었다. 그럼에도 혼자 있을 때면 더러운 군복을 입고 퇴근했던 아버지가 떠올랐다. 상상만으로도 입안이 버석버석 말랐다. 유영 엄마에 대해 묻던 목소리가 쨍쨍해서 온몸에 한기가 돌았다. 소문이 도는 와중에 사병 한 명과 치킨집에 들어가는 아버지를 봤다. 그런 아버지를 향해 삼거리 사람들이 대놓고 손가락질했다. 갈비찜과 밑반찬을 만들어 우리집 초인종을 누르던 관사 여자들도 뜸해졌다. 소문과 추문, 진실과 사실이 섞인 이야기가 좁고 폐쇄적인 동네를 잠식했다.

유영은 소문을 못 들은 것처럼 나를 대했다. 쉬는 시간이면 같이 화장실에 가자 했고, 방과후에 숙제를 하자고도 했다. 나는 그렇게 행동하는 유영이 내 아버지를 더 욕보인다고 생각했다. 진실을 알면서도 천연덕스럽게 나를 조롱하는 것 같았다.

"진희야, 오늘 우리집에 치킨 먹으러 갈래?"

하굣길 운동장에서 유영이 말했다.

나는 빠른 속도로 걸었다. 내가 빠르게 걷는 만큼 유영도 빠르게 걸었다. 나보다 키가 작고 몸피가 작은 유영이 내 보폭에 맞추어 따라왔다. 숨 가쁜 목소리로 다시 말했다.

"같이 가, 진희야. 우리집에……"

앞서가던 내가 그 자리에 멈춰 섰다. 몸통을 확 돌려 유영을 쳐다봤다. 그 바람에 유영과 부딪칠 뻔했다.

"우리 아빠는 그런 사람이 아니야!"

내 목소리가 운동장에 울려퍼졌다.

"하나도 안 미안해, 내가 잘못한 게 아니잖아!"

한번 더 소리쳤다. 이로써 우리의 관계가 끝이라 해도, 그것이 유영과 나의 잘못에서 비롯된 문제가 아니라 하더라도, 나는 그렇게밖에 할 수 없었다. 아버지가 자신의 은색 계급장처럼 반짝이는 군인인 줄 알았는데, 파렴치하고 추한 사내라는 사실에 나는 화가 났다. 내가 더이상 품위 있는 양반으로 살 수

아직 오지 않은 말

없다는 사실을 인정할 수 없었다. 그리고 비겁한 나는 아버지에게 해야 할 말들을, 분노와 원망을 죄 없는 유영에게 쏟아냈다.

4.

20세기에서 21세기가 되었다. 세기말에 종말이 올 거라며 휴거를 준비하라고 사이비 교주들이 말했다. 뉴스에선 밀레니엄 버그가 올 거라고 난리였다. 종말과 휴거, 밀레니엄 버그가 올 거라던 시기에 나는 대학생이었다. 대학 내 학생운동이 저물고 있었고, 과거사에 대한 새로운 정리와 평가가 나오던 때였다. 진급 경쟁에서 실패한 아버지가 제대를 했다. 아버지는 빛이 바랜 계급장을 닦으며, 자신에게만 종말이 왔다고 중얼거렸다.

당신이 어쩌다가 도시의 여러 곳에 누워 있는 묘지 옆을 지나갈 때 당신은 꽃자주빛깔의 우단치마를 간신히 걸치고 묘지 근처를 배회하는 한 소녀를 만날지도 모릅니다.[*] 교수는 봄이 되면 이 소설을 읽는다며 최윤의 소설을 낭독했다. 장엄하고 처연한 목소리로, 슬픔과 고통이 어지럽게 섞인 문장들을 천천히 읽어나갔다. 강의실에 앉은 사십 명 남짓한 학생들이 숨

---

[*] 최윤, 『저기 소리없이 한 점 꽃잎이 지고』, 문학과지성사, 1992, 205쪽.

죽여 들었다. 인문관 창밖으로 벚꽃이 분분히 날렸다.

그날, 국민학교 운동장에서 내가 소리친 이후로 유영도 더이상 나를 찾지 않았다. 말을 걸면 전염병에 옮기라도 하듯 서로를 멀리했다. 그렇게 남은 가을과 겨울을 보냈다.

이듬해 초, 눈이 무릎까지 쌓이도록 내린 날, 아버지가 경기도로 발령이 났다. 나는 안방 창문 앞에 서서 아버지와 엄마가 이야기하는 걸 들었다. 또 전학이구나. 새하얀 눈 위에 검은 발자국을 마구잡이로 내고 싶었다. 더럽고 지저분하게, 엉망으로 만들고 싶었다. 눈이 다 녹기 전에 우리 가족은 짐을 쌌다. 엄마는 진희 교육 때문에 도시로 나간다며 관사 여자들에게 말했다. 그 말을 믿는 여자들은 없을 거였다. 군용 화물차에 이삿짐을 싣고 도망치듯 삼거리를 떠났다. 유영이네 치킨집 간판이 눈 속에서 반짝였다. 노란 불빛이 보이지 않을 때까지 나는 간판을 쳐다보았다. 유영에게 끝내 하지 못한 말을 되뇌면서 엄지손톱의 거스러미를 뜯었다.

경기도에선 군인 관사가 아니라 3층짜리 연립주택에서 살았다. 그곳에는 전부 다른 직장을 다니고, 전혀 다른 일을 하는 사람들이 살았다. 동네에는 프랜차이즈 치킨집이 세 개, 패스트푸드점이 두 개 있었으며 아이들과 외식할 수 있는 돈가스집도 있었다. 직업과 계급을 알 수 있는 군모를 쓰고 다니는 사람은 아버지뿐이었다. 나는 예외적인 10퍼센트가 되었다. 반 아이들은 나를 전학생, 또는 (강)원도라고 불렀다. 더이상 내가 양반이 아님을, 그동안 손쉽게 가졌던 항목들이 나의 머리와 체력, 능력에서 비롯된 것이 아님을 인정할 수밖에 없었다. 나는 몰락한 양반처럼 과거를 잊으려 했다.

인문관 밖으로 나오자 하얀 벚꽃이 눈처럼 떨어졌다. 내 머리와 어깨 위에 꽃잎들이 내려앉았다. 손바닥에 앉은 여린 잎들이 얼음보다 차가웠다. 나는 유영이 어떻게 태어났으며, 유영 아버지가 어떤 분인지, 왜 강원도로 이사 왔는지 끝내 몰랐다. 하지만 스승의날, 유영이 내 아버지에게 한 말이 진실이었다는 것은 알게 되었다. 이십대가 되어서야 겨우 알았다.

"모든 군인이 자기 나라 국민을 지키는 건 아니에요. 국민에게 총을 쏘는 군인도 있습니다."

유영이 내 귓가에 대고 말하는 것처럼 생생했다. 삐라를 주워 우체국에 가져가면 공책 세 권을 주던 최전방이었다. 군인은 나라와 국민을 지켜주고, 학생들은 이승복 어린이가 되어야 모범표창장을 받았다. 그런 곳에서 유영은 무슨 심정으로 그 일을 소리 내어 말했던 것일까.

1980년 5월에 아버지는 경상남도에서 근무했다. 1979년에 결혼한 부모님은 신혼 시절도 없이 임신을 했고, 다음해에 내가 태어났다. 그러니까 그 시기에 아버지는 그 장소에 없었다. 애써 더듬어 찾아낸 날들에 나는 안도하며 가슴을 쓸어내렸다. 아버지가 그렇고 그런 군인이 아니라는 사실에 안심했다. 그러다가 다시 그렇고 그런 일을 저지른 남자라는 사실에 화가 났다. 어디까지 안도하고, 어디까지 분노해야 하는지. 누구에게도 말하지 못했다. 묻지 못하고 앓았다. 아버지가 군복을 입고 벌어 온 돈으로 나를 먹여 살리고, 학교를 보냈으며 책을 사준 걸 자각할 때면 다시 혼란스러웠다. 답을 내릴 수 없는 질문들이 빙글빙글 술래잡기를 했다. 멀미가 날 듯 속이 울렁였다. 꺼지지 않는 불덩어리를 손에 쥐고 사는 느낌이었다.

아버지가 방문을 두드렸다. 식탁 위에는 아침에 준비한 흰쌀밥과 된장국, 두부구이가 놓여 있었다.

"밥은 먹어야지."

식탁을 사이에 두고 아버지와 나는 밥을 먹었다. 가슴이 답답해서 음식을 삼킬 수가 없었다. 물 한 컵을 들이켰다.

리모컨을 찾아 텔레비전을 켰다. 전국 팔도의 맛집을 소개해주는 방송, 추억의 스타를 소환해서 근황을 묻는 토크쇼, 한 알만 먹으면 하루 필수영양소를 전부 충족시킨다는 영양제 광고가 나왔다. 생방송인데도 재방송을 틀어놓은 것처럼 비슷했다. 아버지가 즐겨 보는 채널에선 여전히 전 씨의 사망 뉴스가 나왔다. 추모 공간 찬반과 장례식 절차에 대해 한 패널이 장황하게 말을 늘어놓고 있었다. 나는 아버지를 쳐다봤다. 반응이 궁금했다.

"이리 다오."

아버지가 숟가락을 내려놓고 빈손을 내밀었다. 검은색 리모컨을 넘기자 아버지는 전원 버튼을 눌러 텔레비전을 껐다.

"진희야, 현석이가······"

나는 소리가 나도록 숟가락을 내려놓았다.

아버지는 왜 같은 말을 반복하는 것일까, 내게서 듣고 싶은 말이 무엇이길래. 나 역시 아버지에게 듣고 싶은 말이 있다는 사실을, 오랜 시간 삭여둔 이야기가 존재한다는 것을 알고 있을까. 아마도 모를 것이다. 모르기에 아버지는 내게 물을 수 있는 거다.

"군복은 왜 꺼내놓으셨어요?"

아버지가 나를 빤히 쳐다봤다. 진한 쌍꺼풀이 더 진해지도록 눈을 크게 떴다.

"그냥······ 옛 생각이 나서······"

"옛날이요?"

아버지가 눈을 지그시 감았다. 젊고 건강했던 자신의 젊은 날을 반추하는 것 같았다. 군모를 쓴 스스로를 떠올리는 것만으로도 얼굴에 미소가 어렸다. 입안이 썼다. 도저히 그 모습을 보고 있을 수 없었다.

"김유영 기억나세요?"

"······누구지?"

"화천 살 때 치킨집 딸이요."

나는 작정한 듯 물었다. 아버지를 곤란하게 만들고 싶었다. 이제 와서 사실을 아는 게 무슨 의미가 있을까, 하는 생각이 들면서도 명확히 듣고 싶었다.

"그때 진짜 유영이 엄마를 추행하셨어요?"

"……"

"아버지 때문에 제가 얼마나 힘들었는지 아세요? 엄마 생각은 안 해보셨어요? 결국 그 일 때문에 엄마가 병이 난 것 모르세요?"

엄마라는 단어에 아버지가 정수리가 보이도록 고개를 숙였다.

"군복은 왜 꺼내셨어요? 아직도 저 옷이 중요하세요? 저는 저 초록색 옷만 봐도 지긋지긋해요! 아버지도, 현석이도 도대체 저한테 왜 이러는 거예요?"

목소리를 더 높였다. 내가 화가 나 있음을, 아버지가 잘못했다는 것을 온몸으로 표현했다.

"진희야……"

아버지의 목소리가 가늘게 떨렸다. 진폭을 달리하는 음성이 고스란히 전해졌다. 웬만한 상황에선 동요하지 않는 아버지였다. 그런 아버지가 지금, 떨고 있었다.

"그러니까 내 말을…… 좀……"

아버지가 이야기를 시작했다. 나는 이야기를 듣는 것만으로도 주먹을 쥔 손에 땀이 차서 몇 번이나 바지춤에 닦았다. 때때로 목소리 끝이 갈라지도록 소리를 질렀다. 나의 격한 반응에도 아버지는 계속 이야기했다.

"……내가 한 게 아니다."

그날, 치킨집에서 소대 회식을 했다. 아버지와 사병들이 술과 음식을 마시고 먹었다. 흥이 난 김 병장이 주량보다 많은 술을 마셨고, 맥주를 가져다준 유영 엄마의 엉덩이를 만졌다. 다른 사병들이 말렸지만 김 병장은 더 난동을 부렸다. 회식 자리는 난장판이 되었다. 부대에 보고가 들어가면 김 병장은 징계를 받고 영창에 가야 했다. 제대가 얼마 남지 않은 김 병장이 아버지에게 울면서 애원했다. 잘못을 빌었다. 아버지는 자신이 유영 엄마를 추행한 것으로 상황을 바꾸었다.

"말이 되는 이야기예요? 그걸 저보고 믿으라고요?"

"믿기 어렵겠지만 그게 사실이다. 관리 감독을 못한 내게도 잘못이 있으니까."

사병이라면 징계를 받을 일이지만, 간부인 아버지는 추문으로 끝낼 수 있던 시대였다. 아버지는 뭔가를 결정할 수 있는 위치에 있었기에 가능했던 일이라고 덧붙였다. 당시로써는 그게 최선이었다면서.

"유영 엄마한테는 그 자리에서, 그리고 후에 몇 번 더 김 병장과 찾아가서 용서를 빌었다."

나는 아버지가 말한 내용을 바로 이해하지 못해 멍했다. 다시 들어도 마찬가지였다. 한 번도 상상해보지 못한 결말이었다. 현실감이 없었다.

"미안하다."

"……"

"그 일이 상처였다니 미안하다."

긴 이야기 끝에 아버지가 말했다. 담담하고 곧은 얼굴이었다.

이번에는 내가 아무 말도 할 수 없었다. 무슨 말을 해야 할지 몰라서 나는 엄지손톱의 거스러미만 뜯었다. 오랫동안 듣고 싶었던 그 말이 지금 내 앞에 도착했는데 정작 그 말의 수신인이 누가 되어야 하는지 몰라서 혼란스러웠다. 내 키를 키우고 살을 찌우던, 소문과 추문이, 사실과 진실이 거대한 회오리가 되어 나를 덮쳤다. 온몸이 떨렸다.

아버지는 언제부터 저 말을 준비했을까. 내가 물어봐주기를 기다렸던 걸까. 나는 아버지에게, 현석에게, 현석 어머니에게 어떤 말이 듣고 싶은 걸까. 그리고 그 아이, 김유영이 아른거렸다. 내 이름을 부르면서 나를 쫓아오던, 나를 쫓아오느라 흙먼지를 뽀얗게 덮어썼던 그 아이가. 눈앞이 뿌옇게 흐려진 채로 나는 거스러미를 잡아 뜯었다. 손톱 사이로 피가 흘렀다.

고개를 돌려 밖을 보았다. 베란다 빨랫줄에 잘 다려진 군복이 걸려 있었다. 열어놓은 창문으로 바람이 불어오자 군복이 무심히 흔들렸다. 어떤 말은 아직 오지 않았다고, 미래가 현재가 되는 순간에도 자꾸만 미끄러져서 다시 미래로 간다고, 수신인과 발신인을 구분할 수 없게 된 그 말을 외면서 나는 아버지의 진녹색 군복을 오랫동안 바라봤다. ■

청소를 하던 미주가 무심코 달력을 넘겼다. 다음달 17일에 빨간 동그라미가 쳐져 있었다. 볼펜심을 꾹 눌러서 꽤나 공들여 그린 원이었다. 무슨 날이지? 걸레를 바닥에 내려놓고 손가락을 하나씩 꼽았다. 진하게 쓰인 양력일 밑으로 작고 흐릿하게 인쇄된 음력일이 보였다.

"갖고 싶은 거 있어?"

미주가 물었다.

영신은 허리에 메밀 쿠션을 받치고 앉아서 〈100세까지 무병장수〉라는 TV 프로그램을 보고 있었다. 바른 자세로 앉아야 척추와 관절에 무리가 가지 않는다며 영신은 버릇처럼 말했다.

"이거 봐라, 미주야. 11번에서 혈관에 좋은 음식으로 브라질넛을 소개하는데 10번에서 브라질넛을 딱 팔고 있다."

영신이 목소리를 높이며 채널을 변경했다.

"그거 방송사랑 홈쇼핑회사가 짜고 치는 거잖아. 사람들 혹해서 결제하게. 엄마, 전부 다 광고야."

"너는 말을 뭘 그렇게 해. 귀찮게 물건 사러 안 가도 필요한 사람들이 바로 살 수 있게 도와주는 거지. 브라질넛이 심혈관 질환을 예방하고, 혈중 콜레스테롤 수치를 낮추는 천연 식품이래. 호두나 땅콩보다 비싼 게 흠이라면 흠이지. TV에 나오는 의사, 약사들이 전문가인데 사람들을 속이겠니?"

화면은 홈쇼핑 방송에서 〈100세까지 무병장수〉로 다시 바뀌었다. 영신이 리모컨을 내려놓고 숟가락을 들어 병맥주 뚜껑을 땄다. 거품이 넘치자 얼른 허리와 고개를 숙여서 병 끝에 입술을 갖다붙였다. 그대로 쭉, 들이켰다.

"브라질넛이 나쁘다는 게 아니라 저렇게 연달아 방송하는 게……"

영신은 대답 대신 유리컵에 맥주를 부어 또 마셨다. 귓불까지 달아올랐다. 그 모습을 본 미주가 고개를 절레절레 저었다. 바른 자세는 강조하면서 술을 저렇게 마셔대다니. 더욱이 건강 프로그램의 전문가들이 한목소리로 주장하는 내용이 바로 금주와 금연인데 말이다. 영신은 듣고 싶은 것에만 빨간 동그라미를 그물처럼 치고 나머지는 물처럼 흘려보냈다. 그렇기에 자신의 생일을 저렇게 강조해놨는지 모르겠지만.

"받고 싶은 선물 없냐고."

"보너스 받았어?"

영신이 맨손으로 김치를 찢으며 물었다.

"보너스는 무슨. 잘리지나 않으면 다행이지."

미주가 방석을 끌고 와서 앉았다. 동그란 나무 소반 위에 반건조 오징어와 볶은 땅콩, 고추장과 마요네즈를 섞어서 만든 소스, 김장김치가 놓여 있었다. 영신이 새 컵에 맥주를 따라서 미주 쪽으로 밀어줬다.

"그럼 17일에 왜 동그라미 해놨어? 엄마 생일이잖아."

"생일 지나면 치과 가려고."

영신이 엉덩이를 달싹이며 미주 곁으로 왔다. 입을 벌리자 충치 치료를 한 치아와 검붉은 혓바닥이 드러났다. 어금니가 군데군데 비어 있었다. 술과 김치 냄새가 오래된 구취와 섞여서 지독했다.

"내가 이번 생일을 얼마나 기다렸는데."

열여덟번째 생일을 고대하는 동화 속 공주처럼 영신은 만 65세 생일을 기다렸다. 그날이 오면 흑마녀의 저주가 풀리기라도 한다는 듯, 새로운 인생을 살 수 있을 거라는 이상한 기대감에 부풀어 있었다.

"희숙이 언니가 그러는데 예순다섯 살이 되면 나라에서 주는 혜택이 그렇게 많다더라. 일단 매달 노인연금 30만 원씩 나오지, 지하철 무료로 탈 수 있지. 독감 접종도 공짜로 하고, 버스비도 지원되고……"

영신은 사거리에 위치한 대형 고깃집에서 일했다. 주된 업무는 홀 서빙이지만 단체 손님이 몰려오는 날에는 주방 일에도 투입되곤 했다. 희숙은 근방에서 음식 솜씨가 좋기로 유명한 주방 이모였다. 고깃집에서 영신보다 나이가 많고, 더 오래 일한 유일한 직원이었다. 희숙은 사장 몰래 남은 밑반찬이나 미국산 소고기를 가끔씩 싸줬고, 영신은 그런 희숙을 친언니처럼 따랐다.

"제일 중요한 건 임플란트!"

"그거 전부 국민 세금으로 하는 거잖아. 노인들 무료 복지 혜택 때문에 청년들이 얼마나 힘든지 알아?"

미주가 반건조 오징어를 마요네즈에 푹 찍더니 오른쪽 어금니로 물었다.

"말하는 소리 봐라, 너는 세금 거의 안 내잖아."

이번에는 영신이 반건조 오징어를 집어들었다. 미주와 똑같이 오른쪽 어금니로 오징어 다리를 씹었다. 단물이 다 빠지도록, 단백질 덩어리가 두부처럼 연해질 때까지 씹고 뜯었다.

"턱 안 아파?"

미주가 소반 가장자리에 씹던 오징어를 뱉었다. 오른쪽 어금니와 턱이 뻐근하게 아렸다. 매번 한쪽으로 씹으니 동그스름한 계란형은 고사하고, 한 변만 튀어나온 사다리꼴처럼 얼굴형이 변할 것 같았다.

"견딜만 해. 이제 임플란트 하면 양쪽으로 다 씹을 수 있겠지?"

 영신이 너덜너덜해진 오징어를 삼켰다. 딱딱, 소리가 나도록 윗니와 아랫니를 부딪쳤다. 마치 벽돌과 쇠망치로 무너진 성벽을 수리하는 소리처럼 들렸다.

 "임플란트……"

 미주가 혼잣말을 했다. 치과의 창백한 조명과 딱딱한 리클라이너 의자, 소독약냄새와 푸른색 마스크를 쓴 의사가 떠올랐다. 무언가를 긁어내는 기계음과 물소리, 입속에 들어오는 차가운 금속 기구를 상상하니 몸서리가 쳐졌다. 불쾌한 감정들이 스멀스멀 밀려오자, 혀끝으로 왼쪽 아래 세번째 치아를 더듬었다. 닳을 대로 닳은 윗면과 울퉁불퉁한 옆면이 느껴졌다. 공굴리기를 하듯 천천히 쓰다듬었다. 치과 조명이 옅어지고 두 사람이 앉아 있는 거실의 백색 형광등이 시야에 들어왔다.

 세번째 치아를 더듬는 것은 미주의 오랜 버릇이었다. 통제되지 않는 상상력이 자신을 덮칠 때, 근거 없는 불안과 걱정이 솟구쳐오를 때마다 미주는 세번째 치아를 만졌다. 거기에 치아가 있다는 것을 확인하고 나면 날뛰던 상상력과 긴장으로 굳어버린 어깨 근육이 다시 말랑해졌다.

 "엄만 좋겠다. 난 예순다섯 살 되려면 삼십 년 이상 남았어."

 미주가 빈 잔에 맥주를 따랐다.

 "많이 남았으면 좋지, 나이 들어서 뭐 하게. 자자, 건배!"

 영신이 맥주잔을 들어 미주의 컵에 부딪었다. 술이 넘치자,

두 사람이 연습이라도 한 듯이 동시에 고개를 숙여 컵 끝에 입술을 붙였다. 그대로 마셨다.

영신이 메밀 쿠션에 얼굴을 묻은 채 잠이 들었다. 미주는 남은 안주와 빈 맥주병을 치운 후 화장실로 갔다. 칫솔모 가득 치약을 짠 다음, 의식을 치르듯 양치질을 했다.

학창 시절에도 미주의 양치질은 유명했다. 쉬는 시간마다 이를 닦는 아이, 칫솔 세트와 치실, 휴대용 가글액을 휴대폰보다 더 끔찍하게 챙겨다니는 학생. 누군가가 십대의 미주에 대해 묻는다면 양치 이야기부터 꺼낼 거였다.

그렇다고 해서 미주가 건치 아동으로 교장 선생님께 표창장을 받거나, 바르고 깨끗한 이로 어린이 치과 모델이 된 것은 아니다. 강박적으로 이를 닦는 것에 비해 미주의 앞니에는 치석이 끼어 있었고, 치열은 고르지 못했다. 그것들은 양호교사가 알려준 3·3·3 규칙에 따라 칫솔질을 한다고 얻을 수 있는 게 아니었다. 시간과 돈을 들여서 치과 문턱을 자주 넘었을 때에야 가질 수 있는 특별한 훈장이었다.

초등학교 5학년 무렵이었다. 리클라이너 의자에 누운 미주에게 치과의사가 말했다. 이상하네…… X-ray 한번 찍어보죠. 미주는 하얗고 단단한 물체를 입에 물고 치아 사진을 찍었다. 곁에 있던 영신이 웃으세요, 스마일 하고 농을 던졌지만 웃지 않았다. 웃을 수 없는 어떤 상황이, 예상치 못한 불길한 일이 벌어지고 있다는 예감이 들었다. 필름을 본 의사가 의자 등받이를 돌려 앉았다.

왼쪽 아랫니 3번이 영구치 결손이네요.

처음 듣는 말에 영신과 미주의 두 눈이 오징어 눈깔처럼 동그래졌다. 의사가 필름을 두드리며 부연 설명을 했다.

선천적으로 영구치 뿌리가 하나 없어요. 이 나이쯤 되면 전부 이갈이를 하는데, 영구치가 없으니 유치를 이때까지 쓴 거지요.

의사가 연달아 무시무시한 말들을 내뱉었다. 만약 유치가 썩거나 빠지면 옆 치아를 옮겨서 홈 메우는 교정을 하거나 임플란트를 해야 한다고 했다. 최악의 상황으론 부분 틀니도 고려 대상이라고. 틀니라니! 미주의 눈앞에 만화책에서 봤던 합죽이 할머니가 나타났다. 말을 할 때마다 커다란 틀니가 덜컹이는, 떡을 먹거나 껌을 씹다가도 훌러덩 빠져버리는 틀니를 가진 노파가. 끔찍했다. 틀니를 한 여중생, 여고생은 절대로 되고 싶지 않았다.

왜 영구치가 없는 거예요?

영신의 목소리가 미세하게 떨렸다.

유전일 수 있고요. 그냥 그렇게 태어날 수도 있어요. 사랑니가 네 개 나는 사람이 있고, 한 개 나는 사람이 있고, 아예 안 나는 사람도 있잖아요. 그런 거죠, 뭐.

의사가 별일 아니라는 듯 느슨하게 대답했다.

유치보관함 **185**

유전……

영신이 입술을 오물거리며 따라 했다. 혀끝으로 자신의 왼쪽 아랫니 3번 치아를 더듬어봤다. 영구치가 굳건하게 박혀 있었다.

최대한 오래 쓰는 게 돈 버는 겁니다. 열심히 닦이세요.

의사는 미주의 보호자인 영신에게 마지막 당부를 했다. 치실을 쓰면 꼼꼼하게 닦을 수 있다며, 필요하면 접수처에서 사가라고 했다. 미주를 향해 두 주먹을 움켜쥐더니 파이팅!이라고 외쳤다.

병원 문을 나오자 미주가 울음을 터트렸다. 참았던 눈물이 샤워기처럼 쏟아졌다. 남들 다 있는 영구치가 왜 내게는 없는지, 지금 있는 치아가 썩거나 깨지면 정말 틀니를 해야 하는지, 온통 물음표투성이였다.

영신이 미주의 뺨을 두 손으로 감쌌다. 미주의 얼굴이 울음과 열기로 뜨거웠다.

괜찮아, 열심히 이 닦으면 돼.

영신이 낮은 목소리로 애써 침착하게 말했다. 미주가 어깨를 들썩이며 더욱 서럽게 울었다. 영신의 말이야말로 자신에게 영구치가 없다는, 선천적인 결손을 가졌다는 선언으로 들렸다. 혀끝으로 어금니를 짚어봤다. 왼쪽 아래 세번째 치아가 비어 있었다. 틀렸다. 치아는 여전히 그곳에 있었다. 그런데도 미주는 의사의 말을 듣는 순간에 주요한 부품 하나가 쑥, 빠져

나간 것 같았다.

영신의 손등 위로 미주의 눈물방울이 떨어졌다. 소매 끝이 축축해졌다. 그럼에도 영신은 미주가 울음을 그칠 때까지 두 손으로 얼굴을 감싸주었다.

유전일 수 있대요.

영신의 말에 미주의 아버지이자 영신의 남편인 대호가 대꾸했다.

나는 괜찮아.

앞니를 딱딱 부딪치더니 백태 낀 혓바닥으로 이와 잇몸을 훑어냈다. 흐르는 침을 손등에 문지른 뒤, 냉장고에서 소주 한 병과 마른오징어를 꺼냈다. 시위라도 하듯, 오징어를 즐겅즐겅 씹었다. 좁은 집안에 비린내가 퍼졌다.

영신이 칫솔 세트를 두 개 사 왔다. 치약과 칫솔에 미주가 좋아하는 고양이 캐릭터가 그려져 있었다. 하나는 집안 화장실에 두고, 하나는 미주의 책가방에 넣어줬다.

점심 먹고 꼭 양치해.

그것만이 영신이 해줄 수 있는 전부인 양 강조했다.

* * * * *

아침부터 사무실이 분주했다. 정기적으로 판매하는 파우치형 곰탕과 설렁탕을 업로드하는 날이었다. 새롭게 선보일 키즈 라인 샘플도 입고되었다. 사장은 사진 한 장으로 유명해진 인플루언서였다. 인스타그램 팔로워가 늘자 협찬이 들어왔고, 그 기회를 발판 삼아 공동구매 사업에 뛰어들었다. 패션과 뷰티 영역으로 시작한 공동구매는 사장의 결혼과 임신, 출산을 거치면서 분야가 확장되더니, 정식 인터넷 쇼핑몰을 오픈하기에 이르렀다.

"미주 씨, 이것 봐. 진짜 귀엽지 않아?"

고개를 들어 모니터 너머를 봤다. 사장의 손에 원목 상자가 들려 있었다.

"보석함이에요?"

미주가 물었다.

"보석함? 그 말 딱이네. 자기는 가끔씩 그렇게 좋은 아이디어를 낸다니까."

사장이 눈웃음을 짓더니 윙크했다. 상자 뚜껑을 열었다. 손톱 크기의 타원형 구멍이 스무 개 남짓 뚫려 있었다. 작은 구멍이 모여서 더 큰 타원형을 만들었다.

"여기에 우리 키즈들 빠진 젖니를 채워넣는 거야. 치아 순서대로 끼우고 날짜를 쓰고. 어때, 진짜 보석함 맞지? 세상에 하나밖에 없는 나만의 유니크한 보석함!"

소개 문구와 상품명까지 나왔다며 사장이 좋아했다.

미주는 쇼핑몰 디자이너로 일하면서 탯줄보관함과 배냇머리 보관 유리병은 판매해봤지만 유치보관함은 처음이었다. 치과에서 뽑으면 폐기물로 버리는 치아를, 실에 꿰어 지붕 위로 던져버린다던 유치를, 기껏해야 베개 밑에 넣고 이빨요정이나 소환하던 젖니 따위를 캐나다산 유기농 호두나무통에 영구적으로 보관해야 할 일인가 싶었다. 물론 상품 구성과 선택은 전적으로 사장의 감과 촉에 의지하고 있어서 미주가 의견을 내기 어려웠지만 말이다.

"샘플 여러 개 들어왔으니까 필요하면 가져가."

미주의 속마음을 읽기라도 한 듯 사장이 말을 돌렸다. 샘플로 입막음을 하려는 건지, 정말 미주에게 유치보관함이 필요하다고 생각하는 건지, 도무지 알 수 없었다. 아니다. 쇼핑몰이 커질수록 미주가 디자인하는 작업량도 늘어났다. 사장은 샘플 상품을 주는 것으로 초과수당, 야간수당을 대신하고 있었다. 벌써 샘플 운운하는 걸 보니 이번에도 그럴 셈인 듯했다. 할말을 끝낸 사장이 사무실 문을 열고 나갔다.

미주가 다시 마우스를 움직였다. 공식 홈페이지와 사장의 인스타그램에 올릴 사장과 사장의 남편과 사장의 아이 사진을 보정했다. 그러다가 의자를 밀치고 일어나서 택배 상자 앞으로 갔다. 원통형, 정사각형, 직사각형의 유치보관함이 쌓여 있었다. 출생일에 따른 별자리를 그려놓은 통과, 띠에 해당하는 동물을 장식물로 매달아놓은 함도 있었다. 미주는 자신의 별자리가 그려진 나무상자를 찾았다. 뚜껑을 열자 작은 구멍들이 촘촘히 박혀 있었다. 나무 향이 은은하게 났다.

구멍에 손가락을 넣었다. 엄지는 입구부터 탈락이었다. 검지, 중지, 약지…… 그나마 들어가는 건 새끼손가락이었다. 유치 크기가 새끼손톱만한 걸까, 그렇게 작은 치아로 음식을 자르고 씹을 수 있을까? 누군가를 깨물어 생채기를 낼 수도 있나? 젖니들이 구멍 속에 누워 있는 장면이 연상되었다. 저들끼리 이야기하며 깔깔거렸다. 왼쪽 아랫니 세번째 자리가 비어 있었다. 양옆의 젖니들이 빈자리를 손가락질하며 혀를 찼다. 그 소리가 공명이 되어 퍼졌다. 쿡쿡, 미주의 귓속에 못처럼 박혔다. 미주가 혀끝으로 이를 더듬었다. 가장 오래되고 불안정한 치아가 그곳에 자리잡고 있었다. 다시 유치보관함을 보다 빈자리를 새끼손톱으로 꾹, 눌렀다. 나무 바닥에 손톱자국이 선명하게 났다. 유치보관함이 미래에도 완성되지 않기를, 세번째 자리가 앞으로도 비어 있기를. 미주는 망설임 없이 뚜껑을 닫았다.

자리로 돌아와 마우스를 잡았다. 고요한 사무실에서 마우스를 클릭하는 소리만 났다. 미주가 다시 자리에서 일어나 택배 상자 앞으로 갔다. 게자리 유치보관함을 집어 가방에 쑤셔넣었다.

미주의 별자리는 게자리였다. 초여름에서 여름으로 넘어가는 시기에 태어났다. 어느 해 생일은 장마가 와서 눅눅했고, 어느 해는 때 이른 폭염으로 갈증에 시달렸다. 장마철이나 폭염

속에서도 영신은 당면을 불려 잡채를 만들고 모시조개가 든 미역국을 끓여 미주의 생일을 축하했다.

　엄마, 내가 태어났을 때 비 왔어?

　응.

　내가 태어난 날에 더웠어?

　응.

　왜 말이 달라.

　비 오고 더웠다고.

　영신의 대답은 물 먹은 수박처럼 싱거웠으나 미주는 대답의 진의를 의심하지 않았다. 매해 선물해주는 휴대용 칫솔 세트가 영신의 사랑이라 믿었다.

　열다섯번째 생일이었다. 점심시간이 되자 친구들이 매점에서 크림빵을 사 왔다. 동그란 빵을 층층이 쌓고 초코 과자로 장식했다. 생일 축하 노래를 부르자 미주가 아주 잠시, 소원을 빌고 열다섯 개의 촛불을 힘차게 껐다. 소원의 내용은 열두 살 이후로 동일했다.

　크림빵을 뜯어 먹으며 미주와 친구들은 생일 이야기를 했다. 무리 중 한 명이 휴대전화기로 운세 사이트에 접속했고, 아이들은 출생일을 밝히며 오늘과 내일을 점쳤다. 대화의 주제가 별자리 운세로 넘어갔다가 혈액형별 성격 유형으로 뜀뛰기를 했다. 미주는 지금도 그날을 떠올릴 때가 있다. 요즘처럼 MBTI 성격유형이 유행이었으면 괜찮았을까? 아니면 별자리

운세까지 듣고 자리를 떴어야 했을까? 양손에 치약과 칫솔을 든 채로 앉아 있는 게 아니었는데.

들어봐, A형 여자는 성실하고 책임감이 강하다. 사랑을 시작할 때 겁이 많으며 애정 표현이 서툴다. 하지만 서로의 마음을 확인하면 누구보다도 열정적으로 사랑을 한다. A형 여자와 가장 잘 어울리는 남자는 O형 남자이다.

A형이랑 O형이 어울려? 나랑 혁이 오빠랑 딱이네! 근데 울 엄마랑 아빠는 안 맞는데? 맨날 싸워.

맞아. 울 엄마, 아빠도 A형이랑 O형인데 하나도 안 맞아. 나는 O형이라서 다 잘 맞고.

미주가 영신과 대호의 혈액형을 꼽아봤다. 별자리 궁합은 괜찮다고 나왔는데…… 혈액형 궁합을 생각할수록 무언가가 꼬이는 기분이었다. 바깥과 안이 뒤섞여 경계가 없는 뫼비우스의 띠처럼 어느 부분에서부터인지 헷갈렸다. 칫솔 세트를 내려놓고 책상 서랍에서 과학책을 꺼냈다. ABO식 혈액형 판별 방법 단원을 찾아서 경우의 수를 헤아렸다. 영신은 B형, 대호는 O형, 미주는 A형. 혈연 가족에서는 나올 수 없는 조합이었다.

미주는 영신과 대호의 결혼식 사진을 본 적이 없었다. 두 사람은 결혼기념일을 챙기지 않았다. 초등학생인 미주는 그 점이 의아했지만 중학생인 미주는 그럴 수 있다고 생각했다. 세상에는 결혼식을 하지 않고 사는 부부도 있다는 걸 그 무렵 유행하던 드라마와 인기 있던 인터넷소설을 보면서 깨쳤다. 오히려 결혼기념일을 묻지 않는 것이 영신과 대호를 배려하는 일이라 여겼다. 그런 스스로가 어른이 된 것 같아서 대견했다.

아빠랑 붕어빵이네. 세 사람이 외출하면 듣는 말이었다. 넙데데한 얼굴형에 납작한 코, 작은 입, 검은 피부에 잔머리카락이 많은 것까지 두 사람은 닮았었다. 딸은 클수록 엄마 닮는다더라. 근데 지금도 엄마랑 느낌이 비슷하네. 덕담이라고 추가하는 내용이었다. 그렇기에 미주는 자신의 출생을 의심하지 않았다. 영신과 미주는 걸음걸이와 식습관, 잠자는 버릇까지 비슷했다. 오히려 성격과 생활 방식이 너무나 다른 대호와 자신의 외모가 닮은 것이 출생에 대한 불필요한 의구심을 갖지 않게 해주려는 신의 배려라고 생각할 정도였다.

그날 미주는 점심 양치질을 하지 않았다. 칫솔 세트를 든 채 운동장 스탠드에 석고상처럼 앉아 있었다. 친구들이 어깨를 흔들면서 말을 걸어도 반응하지 않았다. 해가 산자락 너머로 떨어지자 어둠이 깔렸다. 운동장의 키 큰 나무들이 짙은 밤 속으로 몸을 숨겼다. 학생과 교사들이 떠난 교정에는 매미 울음소리만 가득했다.

발자국소리가 들렸다. 미주를 향해 다가오는 정체 모를 소리였다. 듣고 싶지 않은데 모든 신경이 소리의 행방을 찾는 데 집중했다. 흡, 미주가 두 손으로 입을 막으며 비명을 질렀다. 소리는 터져나오지 못하고 안으로 삼켜져버렸다. 눈앞에 할머니가 서 있었다. 만화책에서 본, 치과에서 떠올린 후 미주의 꿈에 종종 나타나던 합죽이 노파였다. 노파가 뻐드렁니를 드러내며 징그럽게 웃었다. 길고 마른 손가락을 들어 송곳니를 쑤욱 뽑았다. 잡초를 뽑는 것만큼 무심하게 앞니를 뽑았다. 어금니를 뽑았다. 마지막으로 왼쪽 아래 세번째 이까지 전부 뽑았다. 이가 없어지자 노파의 광대가 더 도드라져 보였다. 뺨이 깊게 패고 미간에 주름이 엉망으로 졌다. 노파가 손가락을 가위처럼 벌렸다 붙였다를 반복했다. 미주의 팔뚝 위로 물이끼처럼 소름이 돋았다. 당장이라도 노파가 제 입을 찢고 치아를 뽑아버릴 것 같았다. 미주가 소리쳤다. 다가오지 말라고, 내 몸에 손대지 말라고 악을 쓰며 발버둥쳤다.

부은 눈으로 현관문을 열었다. 무슨 일이냐는 영신의 질문에 이가 아파서 울었다고 둘러댔다. 입을 벌려 보여줬다.

우리 딸 사랑니 나네, 이제 다 컸어.

영신이 미주의 등을 토닥였다.

신기한 일이었다. 그때서야 어금니 제일 안쪽이 욱신거렸다. 턱이 뻐근할 정도로 아팠다. 거울을 들어 살펴봤다. 정말 사랑니가 나고 있었다. 사랑니와 영구치, 젖니가 있는 입안이 맵고 썼다.

먼저 퇴근한 영신은 고기를 구워서 반주를 마시는 중이었다.
"얼른 손 씻고 앉아. 같이 한잔하자."

영신이 유리컵에 맥주를 붓자 미주가 마셨다.

"고기 한번 먹어봐. 희숙이 언니가 내 생일이라고 챙겨줬다. 잠깐만, 언니한테 전화해줄 테니까 고맙다는 인사 좀 해."

얼큰하게 취한 영신이 휴대폰을 들었다. 희숙이 받자 무턱대고 미주에게 건넸다.

―며칠 있으면 네 엄마 생일이라서 고기 좀 줬어. 이모가 그 정도는 할 수 있는 능력이 된다.

"감사합니다."

―그게 미국산 소고기인데 한우보다 맛있다. 미국 소들은 넓은 데서 뛰어놀아서 더 건강하거든. 미국이 얼마나 넓은지 알지?

"……네."

―근데 너는 클수록 엄마를 닮더라. 이제는 전화 목소리까지 똑같네.

휴대폰 너머에서 희숙이 박수를 치며 웃었다.

영신이 상추쌈을 싸서 먹었다. 한동안 우물거리더니 소화가 안 되는지 주먹으로 가슴을 쳤다. 맥주를 소화제처럼 마셨다. 나랑 엄마가 닮았나. 한때는 듣고 싶던 그 말이 이제는 당혹스럽게 느껴졌다. 나는 영신에게 어떤 존재일까. 튼튼한 영구치일까, 아픈 사랑니일까, 아니면 빠질 시기를 놓친 젖니일까. 쌈밥을 통째로 삼킨 것처럼 가슴이 답답했다. 미주가 맨주먹으로 가슴을 치다가 영신의 잔을 빼앗아서 남은 술을 다 마셨다.

* * * * *

  돈을 벌기 시작하면서 미주는 적금을 들었다. 적은 액수지만 다달이 이체했다. 자신과 영신, 대호의 혈액형이 정상적인 혈연관계에서 나올 수 없는 조합이라는 걸 알았지만 두 사람에게 묻지 않았다. 재검사도 하지 않았다. 변한 것은 없었다. 대호는 여전히 가족에게 무심했고, 영신은 매년 미주의 생일마다 휴대용 칫솔 세트를 선물해줬다. 과하지도 모자라지도 않는 생활이 지속되었다. 미주는 이대로 사는 것도 썩 나쁘지 않겠다고 생각했다. 대신에 언제든 현금화할 수 있는 적금을 들었다.

  유성 사인펜을 들고 고민했다. 곧이어 통장 겉면에 '임플란트 통장'이라고 썼다. 틀니보다는 임플란트가 조금 더 젊고 세련된 느낌이었다. 한 달, 두 달 돈이 쌓일 때마다 간니가 나는 것같이 마음이 든든했다.

  만기일을 채우겠다는 결심은 종종 무너졌다. 그것은 정신력과 간절함으로 도달할 수 있는 결승선이 아니었다. 회사 재정과 지인들의 기념일, 예상치 못한 이벤트, 영신과 대호의 건강 상태 등 타의에 의해 언제든 멀어질 수 있었다.

  하지만 미주는 포기하지 않고 또 정기적금을 들었다. 비록 만기일을 채우지 못해도 적금 통장을 만드는 행위에서 위안을 받았다. 꿈속 노파를 만나는 날을 최대한 유예시킬 수 있다고 믿었다.

  그사이 대호가 집을 떠났다. 더 사랑하는 사람과 살고 싶다는 메모 한 장을 남긴 채 증발했다. 햇살이 거실 창을 통해 산산이 부서져 들어오던 토요일이었다. 영신은 넋이 나간 사람처럼 메모지를 들고 앉아 있었다. 정수리 위로 먼지가 두껍게 내려앉았다. 영신은 우는 것 같았고, 웃는 것도 같았다. 비명을 지른 뒤 침묵 속으로 가라앉았다. 문 뒤에 선 미주가 그 모습을 지켜봤다. 영신을 위로하고 싶은 마음과 자신을 거부할 거라는 두려움이 충돌했다. 혀끝으로 치아를 훑으면서 생각했다. 대호가 써놓은 '더 사랑하는' 사람은 누구일까, 왼쪽 아래 세 번째 치아와 관련된 사람일까? 입이 근질거렸다. 유전일 수 있고요. 의사의 말이 이명처럼 맴돌았다. 영신은 알까? 설사 알고 있다 해도, 알려줄 리 없었다. 궁금증이 산가지처럼 뻗어나갔다. 대호는 이전에도 누군가에게 '더 사랑하는' 사람과 살겠다고 말하곤 집을 나왔을까, 과거의 더 사랑하는 사람은 영신이었을까? 그때 나를 데리고 가출했을까, 아니면 더 사랑하는 사람을 나와 대호가 살던 집으로 데려온 것일까? 앞으로 나와 영신은 어떻게 되는 걸까? 경우의 수가 이중 삼중으로 꼬였다. 혈액형처럼 네 가지 유형으로 미래를 점칠 수 있다면 차라리 나을 텐데. 선택권이 없는 미주가 유일하게 할 수 있는 일이란 혀끝으로 젖니를 더듬는 것이었다.

  며칠 후, 영신은 자리를 털고 일어났다. 메모지를 찢고, 아무

일이 없었던 듯 태연하게 살았다. 미주의 생일이 오면 조개미역국을 끓이고, 휴대용 칫솔 세트를 선물로 주었다. 과하지도 모자라지도 않은 생활이 다시 시작되었다. 이번에도 미주는 이대로 사는 것도 썩 나쁘지 않겠다고 생각했다.

영신은 더 열심히, 더 많이, 더 늦게까지 일했다. 미주가 자신도 돈을 버니 그럴 필요 없다고 말했지만 소용없었다. 영신의 얼굴엔 잔주름이 늘었고, 머리카락은 빠졌으며, 팔과 다리는 가늘어졌다. 엉덩이는 천천히 아래로 처졌다. 그리고 어느 날, 영신의 누런 어금니 한 개가 빠졌다. 한 개가 두 개가 되었다. 미주가 치과에 가라고 해도 영신은 괜찮다고 답했다.

세번째 치아는 초콜릿을 먹는 중에 빠졌다. 뗏― 영신이 뱉자 사금파리처럼 깨진 이가 나타났다.

유전 맞네.

영신이 손바닥 위에 올려진 왼쪽 아래 세번째 치아를 내려다보며 말했다.

난 아직 젖니 안 빠졌거든.

미주가 검지로 자신의 젖니를 가리켰다.

역시, 딸이 엄마보다 낫네.

영신이 웃으며 맞받았다. 남은 초콜릿을 천천히 녹여 먹었다. 이가 빠진 자리가 다크 초콜릿보다 더 새까맸다.

* * * * *

"임플란트 전부 해주는 거 아니래. 두 개만 해주는데 그것도 자기부담금이 30퍼센트래."

치과에 다녀온 영신이 말했다. 얼굴에 실망감이 역력했다.

"희숙이 언니 말만 믿고 전부 공짜인 줄 알았는데……"

"아무리 복지 정책이어도 다 해줄 순 없지. 국민 세금을 몽땅 노인들 임플란트 해주는 데 쓸 순 없잖아."

노인이라는 단어에 마음이 상했는지 영신이 눈을 흘겼다. 미주가 모르는 척하며 저녁상을 차렸다.

"그럼 나머지는 어떻게 할 거야?"

"어떻게 하긴 뭘 어떻게 해. 그냥 사는 거지."

영신이 냉장고에서 맥주 두 병을 꺼내 왔다. 숟가락으로 뚜껑을 따자 맥주 거품이 폭죽처럼 역류했다. 영신이 잽싸게 병 입구에 입술을 붙였다. 목구멍을 통과한 알코올이 전신으로 퍼졌다.

"그냥 살긴 뭘 그냥 살아. 이번 기회에 나머지 이도 해. 엄마 어금니 없어서 불편하잖아. 씹는 게 힘드니까 위가 안 좋아져서 맨날 체하고 속은 더부룩하고. 그러니까 계속 밥은 안 먹고 술만 마시고. 악순환의 반복이다 진짜."

영신이 고개를 세차게 저었다. 팔을 들어 X 자를 만들며 미주의 말을 잘랐다.

"못 살긴 뭘 못 살아. 이때까지 잘만 살았어. 그리고 맥주가 보리로 만들어졌잖아. 이게 나한테는 약이고 밥이다!"

나머지 맥주병 뚜껑을 땄다. 뻥! 뚜껑이 날아가 벽에 부딪쳤다. 영신이 병째로 술을 마시려 했다.

"밥 먹으라고! 엄마가 맨날 보는 티브이 프로그램에서 금주하라는 말은 안 해? 브라질넛도 어금니가 있어야 씹어 먹지!"

보다 못한 미주가 버럭 소리쳤다. 밥공기를 던지듯 영신 앞으로 밀었다. 미주의 반응에 놀란 영신이 순순히 맥주병을 내려놓고 숟가락을 들었다.

두 사람이 밥을 먹기 시작했다. 집안이 너무 조용해서 어색했다. 미주가 먼저 말을 붙였다.

"엄마, 유치보관함이라고 알아? 우리 쇼핑몰에서 파는 건데 애들 젖니 빠지면 보관하는 통이거든. 가격이 꽤 하는데 지금 판매 1위야."

"틀니보관함은 들어봤어도 유치보관함은 처음이네. 나중에 영구치보관함, 사랑니보관함 다 나오는 거 아냐? 맞다, 근데 그렇게 모아서 나중에 틀니 만들면 안 될까? 모발 이식하는 것처럼 자기 치아 사용해서."

조금 전까지만 해도 샐쭉하던 영신이 본래의 모습으로 돌아와 능청스럽게 대답했다. 자신의 아이디어가 그럴듯하지 않냐며 재차 되물었다. 벌써 의료계에선 뉴-틀니 사업으로 추진중일지도 모른다면서, 실현되면 돈이 되겠다고 너스레를 떨었다.

"미주야, 아직 젖니 남아 있지? 그거 빠지면 넣으면 되겠네."

"아직 안 빠졌거든! 내가 얼마나 이를 열심히 닦는데. 왼쪽으로는 떡도 안 씹어. 엿이랑 사탕도 무조건 빨아서 먹고."

"말이 나와서 하는 말인데 내가 그 이 안 썩게 하려고 얼마나 공을 들였는지 알아? 네 생일마다 칫솔 세트 사줬잖아. 기억나?"

당연히 기억하는 일이다. 매년 미역국을 먹고 생일 선물로 칫솔을 받았으니까. 생일 케이크는 없어도 치약은 있었으니까. 두 사람 앞으로 알록달록한 칫솔들이 줄지어 지나갔다. 삼단 케이크 위의 촛불처럼 칫솔들이 영롱한 빛을 자랑했다.

"6학년 땐가, 중1 땐가. 너 철봉에서 떨어졌잖아. 그때 젖니 빠진 줄 알고 얼마나 놀랐는지."

술기운에 영신의 얼굴이 불콰하게 달아올랐다. 분위기를 돌리려고 쇼핑몰 이야기를 꺼낸 건데, 어느새 대화는 치아 이야기로 돌아와 있었다.

미주가 앞돌기 연습을 하다가 철봉에서 떨어졌다. 철봉 아래에는 담배꽁초, 유리 조각, 찌그러진 캔과 쓰레기들이 어지럽게 굴러다녔다. 머리부터 곤두박질친 미주의 얼굴은 피와 상처로 엉망이 되었다. 같이 연습하던 친구가 영신을 불러왔다. 구급차를 기다리지 못한 영신이 미주를 업고 뛰었다. 초등학교 6학년인 미주는 이미 2차성징을 시작한 소녀였다. 여드름이 나고 브래지어를 착용한 미주를 업고 영신이 골목길을 달렸다. 덜컹이는 영신의 등, 후텁지근한 땀냄새, 두 뺨을 간지럽히는 영신의 머리카락, 점점 달아오르는 체온과 입안 가득 고이던 피, 비릿하고 역겨운 피 맛. 며칠 전의 일인 것처럼 생생했다. 스쳐지나가던 자동차와 행인들의 얼굴, 구름 한 점 없던 파란 하늘까지. 미주는 등에 업힌 채 기도했었다.

제발, 젖니가 빠지지 않게 해주세요.

영신이 치과 문을 밀며 뛰어들어갔다.

저기요! 우리 딸 좀 봐주세요!

간호사가 리클라이너 의자에 미주를 앉히고 거즈로 얼굴을 닦았다. 입안을 헹군 뒤, X-ray를 찍었다. 이는 멀쩡하네요. 아랫입술 안쪽이 찢어졌어요. 필름과 미주의 입속을 번갈아 보며 의사가 느슨하게 말했었다.

영신은 앉은 자세로 꾸벅꾸벅 졸았다. 맥주 두 병은 바닥이 드러났고, 밥은 반 이상이 남았다. 에휴, 밥 좀 먹지. 미주가 영신이 듣지 못할 잔소리를 했다. 메밀 쿠션을 가져와 영신을 눕혔다. 저녁상을 치우려다가 무슨 생각이 들었는지 영신 곁으로 가서 누웠다. 잠든 얼굴을 가만히 바라봤다. 입술 주위로 침이 허옇게 말라붙어 있었다. 검게 탄 피부 때문에 침 자국이 도드라져 보였다. 잠을 자면서도 피곤한지 영신이 하품을 했다. 여기저기 빈 어금니와 검붉은 잇몸이 보였다. 나는 영신에게 어떤 존재일까, 영신은 나에게 어떤 치아일까. 튼튼한 영구치일까, 아픈 사랑니일까, 아니면 빠질 시기를 놓친 젖니일까.

미주가 치아를 혀끝으로 더듬었다. 징검다리를 건너는 것처럼 신중하게 짚었다. 바람이 불 때마다 치아들이 흔들렸다. 장마철에는 홍수에 떠내려갈 것 같았고, 작열하는 태양 아래에선 모래처럼 말라붙을 것 같았다. 그럴 때마다 영신이 준 캐릭터 칫솔들이 지팡이처럼 나타났다. 미주가 징검다리를 건널 수 있도록 튼튼한 지지대가 되어줬다. 괜찮아. 열심히 이 닦으면 돼. 그 이상도, 이하도 아니라며 자신을 토닥였다. 그러니까 고심해서 고민해도 어떤 질문에 대한 답은 이미 나와 있었다.

스마트폰으로 은행 앱에 접속했다. 임플란트 적금을 찾아 터치했다. 미주는 지문을 찍듯 해약 버튼을 눌렀다. 숫자들이 빠르게 이동했다. 또 한번 버튼을 눌렀다. 적금 전액이 영신의 통장으로 이체되었다.

"해피 버스데이 투 유."

잠든 영신을 향해 말했다.

미주가 남은 반찬과 빈 맥주병을 치운 후 화장실로 갔다. 칫솔 모 가득히 치약을 짜서 평소보다 공들여 이를 닦았다. 민트 향이 나는 가글액으로 입을 헹궜다.

순간, 뭔가가 빠져나갔다. 미주가 서둘러서 치아를 더듬었다. 확인하면 괜찮아질 거다. 그것은 항상 거기에 붙어 있었다. 이상했다. 하나하나 되짚었다. 아무것도 느껴지지 않았다.

세면대 위에 왼쪽 아래 세번째 치아가 떨어져 있었다.

"빠졌구나."

미주가 젖니를 들어 살펴봤다. 새끼손톱보다 작은 치아는 뿌리가 녹아서 거의 남아 있지 않았다. 오랜 시간 연작운동을 한 그것은 모서리가 마모된 정사각형 같았다. 이가 빠진 자리에선 피조차 나지 않았다. 긴 시간 동안 마지막을 떠올렸는데 지금 미주가 느끼는 감정은 상상 속에 존재하지 않던 감정이었다. 예측하지 못한 감정이 낯설면서 반가웠다.

양치질을 끝내고 화장실을 나왔다. 미주의 손에는 젖니가 들려 있었다. 가방 속에서 게자리 유치보관함을 꺼냈다. 왼쪽 아래 세번째 자리에 젖니를 넣었다. 크기가 딱 맞았다. 비로소 미주는 자신의 치아를 제대로 볼 수 있게 되었다. ■

임시보호자

앞에 가던 아이가 복도 끝에서 멈췄다. 고개를 돌려 나를 힐 끗 쳐다보더니 현관문 비밀번호를 조심스레 눌렀다. 몇 초 후 도어록 열리는 소리가 나자 두 손으로 현관문을 열었다. 나는 아이를 따라 집안으로 들어갔다. 차고 건조한 공기가 콧속을 파고들었다. 불이 켜지지 않는 센서 등을 향해 아이가 손을 흔들었다. 왜 이러지? 이상하네, 라는 말을 내가 들을 수 있을 정도의 크기로 중얼거렸다. 아이를 따라 나도 팔을 흔들었다. 어둠 속에서 나와 아이가 누군가에게 인사를 하는 것 같았다.

집안은 작고 좁았다. 두 사람의 생활을 유지하기 위해 필요한 세간들 외에는 별다른 것이 없었다. 미니멀 라이프인가 싶다가도 서영의 삶이 그런 유행과는 멀었다는 게 떠올랐다. 잉여나 여유, 초과가 없는 삶이었다.

식탁 위에는 아침에 먹고 그대로 둔 시리얼 그릇과 빈 우유갑, 어린이용 숟가락이 놓여 있었다. 소파 대신 놓아둔 대형 쿠션 옆에는 아이가 읽다 만 그림책과 반쯤 접힌 색종이, 플라스틱 자동차가 어지럽게 널려 있고, 문이 활짝 열린 방에는 계절과 무관한 이부자리가 허물처럼 펴져 있었다.

"어떻게 지냈어?"

화장실에서 손을 씻고 나오는 아이에게 물었다.

"이모, 손 씻었어요? 집에 오면 제일 먼저 손부터 씻어야 해요."

아이가 허공에 물기를 털며 답했다.

나는 손을 씻는 대신 아이를 가만히 바라봤다.

"저 원래 혼자 잘 지내요. 초등학교 1학년 중에서 저처럼 씩씩한 아이도 없을걸요?"

아이가 어깨를 으쓱이며 의기양양하게 말했다.

아이와는 다른 이유로 나 역시 서영의 부재를 알 수 없던 상황이었다. 서영과 관련된 공적인 소식이 내게 도착하려면 몇 단계의 절차를 거쳐야 했다. 법과 제도라는 시스템에서 나보다 우선권을 가진 이들이 그들의 우선권을 거부하고 포기했을 때에야, 서영의 소식을 알 수 있었다. 서영에 대한 내 마음 씀씀이나 친밀함의 무게와 관계없이, 사회는 서영과 관련된 권리를 다른 이에게 먼저 부여했다. 그러니까 지금, 이곳에 와 있는 것이 내가 움직일 수 있는 최선의 결과였지만, 그럼에도 조금 더 일찍 소식을 알 수 있었으면 어땠을까 하는 마음이 들었다.

"잘 때 무섭지 않았어?"

"엄마가 예전에도 늦게 오던 날이 있어서…… 피카츄랑 자면 괜찮아요. 그리고 엄마가 일하러 가면 텔레비전 실컷 볼 수 있어서 좋아요."

아이가 말을 끝내자마자 오른손으로 황급히 입을 막았다. 내 표정을 살피고는 대형 쿠션 옆에 있던 인형을 가져왔다. 색이 누르스름하게 바래고 꼬리와 다리에 거뭇한 얼룩이 진 캐릭터 인형이었다. 얼마나 안고 있었던 건지 불룩했을 솜인형의 몸통이 오래된 베개처럼 납작했다. 아이가 때에 찌든 솜인형을 꽉 끌어안았다.

"착한 일 많이 하면 소원 빌 수 있거든요. 엄마 없을 때 손 씻고 먹을 거 챙겨 먹고, 게임 안 하고. 친구들은 전부 스마트폰 게임 하는데 저는 안 해요. 진짜예요! 이모, 잠깐만요."

아이가 작은방으로 달려가 벽에 붙어 있던 아이보리색 종이를 뜯어 왔다. 〈착한 어린이 생활표〉라는 이름 밑에 크리스마스트리가 있고 1부터 100까지 숫자가 쓰인 알전구가 매달려 있었다.

"이제 열두 개 남았어요."

아이의 두 눈이 불이 켜진 꼬마전구처럼 반짝였다. 고르지 못한 앞니를 드러내며 소리 없이 웃었다. 까무잡잡한 피부에 얼굴이 홀쭉하고, 또래보다 키가 한 뼘 정도 작은 모습으로.

스마트폰이 없어서 게임을 못 한 건데 아이는 안 한 거라 했다. 단말기가 없어서 하지 못한 것도 착한 일에 포함되는 것일까. 착한 일은 그 일을 행하는 과정인지, 완료한 결과인지, 결과라면 그것을 착하다고 명명해서 스티커를 부여하는 건 오롯이 서영의 판단인지, 아이의 의사가 반영된 결론인지. 짧은 시간 동안 많은 물음이 머릿속을 휘저었다. 나는 어떤 것도 묻지 않았다. 답을 해줄 서영이 여기 없으니까. 아이는 스티커 판을 채워야 하는 임무만 있으니까.

"착하네…… 오늘은 나랑 자자."

'착하다'라는 단어를 싫어하면서도 사용했다. 서영이 있다면 아마도 두루뭉술하고 모호한 그 형용사를 사용하지 않았을까 싶었다. 아이가 스티커 운운했을 때보다 눈을 더 크게 떴다. 만세! 두 팔을 들어올렸다. 아이를 기쁘게 한 내용이 착하다인지, 나랑 자자인지 불확실했으나 이번에는 소리 내어 웃었다.

"이모, 준비 다 됐어요."

하늘색 내복을 입은 아이가 피카츄 인형을 안고 내 앞에 섰다. 안방으로 들어가 나란히 누웠다. 얇은 이부자리가 습기로 눅눅했다. 나는 이부자리에서 내려와 방바닥에 누웠다. 바닥이 차가웠다. 마지막으로 난방을 한 게 언제인지. 하는 수 없이 다시 요 위로 올라갔다. 아이가 내 쪽으로 몸을 돌려 눕더니 앙상한 등을 보이며 반대쪽으로 돌아누웠다. 바닥에 가슴과 배를 붙이며 엎드렸다가 나를 향해 모로 누웠다. 노란 인형 때문에 아이의 까만 얼굴이 더 까맣게 보였다. 아이는 솜인형의 발바닥을 작은 고무공처럼 만지며 눈꺼풀을 천천히 열고 닫았다. 곧이어 잠이 들었다.

나는 자리에서 일어나 형광등 스위치를 껐다. 좁고 적막한 방안이 더욱 좁고 적막해졌다. 차가 지나갈 때마다 얇은 창문이 덜컹이고, 방안이 오렌지빛으로 차올랐다가 순식간에 사그라들었다. 서영은 매일 이 방에서 잠이 들었겠지. 아이 곁에서 소음과 고요가 낮과 밤처럼 공전하는 상황을 견뎠겠지. 지금 서영은 어디에, 어떤 모습으로 있을까. 지난 며칠이 꿈같이 느껴졌다.

설핏 잠이 들었다. 화물차가 줄줄이 이동하는 소리에 깼다. 내가 누워 있는 곳이 어디인지 몰라서 두리번거렸다. 흰 벽에서 그림자들이 느리게 움직였다. 그림자는 상복같이 검은 옷만 입었다. 아이가 허공에 팔을 휘저으며 엄마엄마, 잠꼬대를 했다. 피카츄 인형이 방바닥으로 떨어졌다. 잠꼬대인지 꿈속에서 들리는 말인지 분간이 되지 않았다. 웅얼웅얼, 분명치 않은 어떤 말들이 이명처럼 맴돌았다.

* * * * *

달그락 소리에 눈을 떴다. 먼저 일어난 아이가 학교 갈 준비를 하고 있었다.

"우유가 없어요."

아이가 시리얼 봉지와 빈 그릇을 든 채 나를 멀뚱히 바라봤다. 흰 우유가 떨어진 적은 없다는 듯, 혼자서 해결하기 어려운 일이라고 말하는 것 같았다. 나는 냉장고 문을 열었다. 투명 밀폐용기에서 몇 가지 반찬이 썩고 있었다. 뚜껑을 열지 않아도 나물 표면에 핀 곰팡이가 보였다. 이맛살이 찌푸려졌다. 서영이 있다면 생기지 않을 상황이었다. 이 집에 온 이후로 서영이 있다면이라는 가상의 전제가 서영이 없다는 진실을 전제로 두더지처럼 솟아올랐다 사라졌다. 나는 밀폐용기를 싱크대에 던져넣었다. 계란 두 개를 꺼내 프라이를 했다.

"따뜻해요, 이모."

아이가 계란프라이를 정성껏 먹으며 말했다.

아이와 함께 집을 나섰다. 인도가 없는 도로를 따라 초등학교까지 걸었다. 주행속도를 어긴 차들이 달려오면 건물 외벽에 몸을 붙였다. 몇몇 운전자가 창문을 내리고 손가락질을 했다. 가끔씩 보호자 손을 잡고 걸어가는 또래의 학생들을 만났다. 책가방을 보호자가 들어주거나, 준비물이 든 보조 가방 정도는 대신 챙겨주었다. 아이는 피카츄 인형보다 크고 육중한 가방을 어깨에 메고, 한 손에 보조 가방을 든 채 묵묵히 걸었다. 모든 행동이 익숙하고 자연스러웠다.

"혹시 데리러 올 수 있으시면 네시까지 와주세요. 방과후 수업 한 개 하고 돌봄교실까지 끝나면 네시거든요. 바쁘시면 저 혼자 집에 가도 돼요."

아이가 나를 올려다봤다.

아이는 오늘도 내가 자신과 있을 거라고 생각하는 걸까, 서영이 오지 않는다는 걸 눈치채버린 걸까. 왜 아이는 엄마가 어디에 있냐고 묻지 않는 걸까? 아이의 말간 눈을 보며 의문형의 문장을 여러 개 만들었다. 이번에도 나는 입 밖으로 내뱉지 못했다. 대신 네시에 오겠다고 말했다. 아이가 씨익, 웃었다. 조막만한 두 손을 수초처럼 흔들며 교문 안으로 들어갔다.

아이의 뒷모습이 안 보일 때까지 서 있었다. 관자놀이부터 어금니까지 쑤셨다. 집에 가고 싶다는 생각뿐이었다. 서영의 집에서 우리집까진 버스로 다섯 정거장이었다. 현관문 도어록 비밀번호를 누르고 집안으로 들어갔다. 센서 등이 환하게 켜졌다. 신발장 선반 위에 놓아둔 아로마 디퓨저에서 상쾌한 향이 났다. 손도 씻지 않은 채 소파에 몸을 던지듯 주저앉았다.

거실 책상 위에 작업하던 원고가 펼쳐져 있었다. 스토리 라인을 보강해서 출판사에 보내야 되는데, 마감일이 언제였더라. 스케줄 표를 짚어도 떠오르지 않았다. 무슨 생각으로 아이를 찾아간 건지, 네시에 가겠다는 약속을 내가 한 게 맞는지…… 돌발적으로 저지른 행동에 막막했다.

눈을 감았다. 외부 소리가 차단된 고요한 거실. 깊이를 가늠할 수 없는 물속으로 천천히 가라앉는 느낌이었다. 언니언니! 비음 섞인 목소리로 나를 부르던 모습이 어른거렸다. 옅은 눈썹에 동그란 얼굴을 한 서영이가. 눈을 떴다. 거실 창으로 오전의 햇살이 잘게 부서지며 들어왔다. 부드러운 햇살을 부력 삼아 먼지들이 자유롭게 유영했다.

낯선 번호로 전화가 왔었다. 남자가 자신을 지역 경찰서의 수사관이라 소개했다. 권서영과 아는 사이냐고 물었다. 그렇다고 답하자 몇 초간 뜸을 들인 뒤 말을 이었다.

─……권서영 씨가 사망하셨습니다.

남자가 침착하게 말했다.

─중앙 도로 근처 빌라촌 골목에 쓰러져 있는 걸 행인이 발견하고 신고했습니다. 현재까지는 타살 흔적이 없고, 상처로 봐서 뺑소니를 당한 것 같은데 CCTV가 없는……

"네? 어디 경찰서라고요?"

남자에게 되물었다. 극성 보이스 피싱이나 장난 전화라고밖에 여겨지지 않았다.

─이틀 전에 접수됐는데 가족들 연락이 안 돼서요. 최근 통화 목록을 보고 최하진 씨께 연락드린 겁니다. 저희도 권서영 씨 남편과 직계가족을 수소문중이니……

수사관의 마지막 말은 "삼가 고인의 명복을 빕니다"였다. 전화를 끊고 멍하니 앉아 있었다. 남자가 전한 내용을 이해할 수 없었다. 서영에게 전화를 걸었다. 전화기가 꺼져 있었다. 다시 전화를 했다. 꺼져 있었다. 수북이 쌓여 있는 부재중 통화 목록을 보고 서영이 연락하길 바랐다.

답신은 없었다. 한 통의 전화도, 문자메시지도 없었다. 나는 서영의 흔적을 찾아 인터넷 게시판을 이리저리 쫓아다녔다. 눈 위에 찍힌 토끼 발자국처럼 어딘가 흔적이 남아 있을 거라 여겼다. 서영이 등장할 법한 사이트와 SNS를 샅샅이 뒤졌지만 전부 폭설에 덮였는지 발견할 수 없었다. 스마트폰 배터리가 없는 걸까, 인터넷 연결이 되지 않는 오지로 여행을 간 건가, 잠적해서 재충전의 시간을 보내는 건가. 나는 서영이 연락할 수 없는 극단적인 환경을 상상하며 수사관의 말을 부정하려 노력했다.

생각하지 않으려 할수록 서영과 있었던 일들이 떠올랐다. 최근에 나눈 대화와 주고받은 반찬, 추천했던 넷플릭스 드라마를 시작으로 기억은 첫 만남으로 거슬러올라갔다. 그때 나는 마을 부녀회에 관한 자료를 찾는 중이었다. 오프라인 모임인 부녀회, 어머니회를 대신해 온라인의 맘카페, 지역 커뮤니티가 그 역할과 소임을 하고 있다고 판단했다. 결론을 정해놓은 채 끼워맞추듯 정보를 수집했다.

명절 음식 나눠 먹어요.

잡다한 소식을 알려주는 온라인 지역 커뮤니티 게시판이었다. 대장 내시경을 잘하는 병원, 개업한 로스터리 커피숍, 수학 일타 강사를 초빙했다는 학원 홍보글 속에 그 글이 앉아 있었다. 무심히 넘길 법한 제목에 눈이 가서 클릭했다. 추석 연휴에 홀로 지내는 사람에게 나물과 국, 송편을 나눠주겠다는 내용이었다. 정확히 표현하면 나눠주겠다는 단어를 쓰지 않고 나눠 먹자고 적혀 있었다. 추석이구나. 게시글을 읽고서야 명절이라는 걸 깨달았다. 내겐 명절과 국가 공휴일, 이벤트 날에 대한 감각이 없었다. 챙겨야 하는 가족이 없고, 특별한 시간을 보낼 친구가 없었다. 새로운 광고 기술인가 의심하면서 '나눠 먹다'라는 상투적 동사에 마음을 뺏겼다. 글쓴이에게 댓글을 달았다. 속으면 속은 대로 쓸 만한 자료가 될 수 있었다.

동네 놀이터에서 글쓴이와 만났다. 화장기 없는 맨얼굴에 짧은 머리카락을 하나로 동여 묶은 서영이 벤치에 앉아 있었다. 유행이 지났지만 관리를 잘한 반소매 티셔츠에 물이 빠진 베이지색 면바지를 입고. 그네를 타던 아이가 엄마! 하며 뛰어왔다. 아이를 못 봤다면 이십대 초반, 후하게는 십대 후반으로 여길 법한 앳된 외모였다.

서영은 배달 음식을 먹고 씻어둔 것 같은 일회용 플라스틱 용기에 고사리, 시금치나물과 맑은 쇠고깃국을 포장해 왔다. 국에는 소고기보다 무가 훨씬 많았다.

"잘 먹을게요."

플라스틱 용기를 든 채 나는 어정쩡하게 말했다. 차림새와 외모를 보면 음식은 내가 서영에게 주어야 할 것 같았다.

"맛있게 드시면 정말 기쁠 거예요. 풍성한 한가위 보내세요."

서영이 지친 얼굴로 다정하게 말했다.

음식 맛은 나눠 먹자는 글을 쓴 것에 비해 썩 좋지 않았다. 기대를 하지 않아서 다행이지 음식 맛과 품질을 기대했으면 공짜 음식을 받고도 상대에게 험한 말을 할 뻔했다. 그럼에도 나는 남김없이 먹었다.

이후에도 서영은 동네이웃 게시판에 글과 사진을 올렸다. 반찬을 함께 먹자 했고, 아이에게 작아진 옷을 비대면으로 나눔 하겠다고 했다. 사진 속 반찬과 옷과 요구르트는 굳이 연락을 해서 받아야 할 만큼의 값어치가 없어 보였다. 당장 중고 거래 앱에 들어가도 서영의 물건보다 상태가 좋고, 브랜드 가치가 있는 물건을 무료 나눔으로 받을 수 있었다. 나는 눈치 없이 글을 쓰는 서영이 불편했다. 상대가 원하지 않는 친절이자 과한 베풂이었다. 한동안 게시판을 보지 않았다. 그러다 조회수가 형편없을 글을 쓰고 있을 서영의 뒷모습이 떠올라 댓글을 쓰고 반찬을 받았다.

"언니 거 하나 더 샀어요."

겨울의 문턱이었다. 서영이 잔멸치볶음과 메추리알조림이

든 종이 가방을 내밀었다. 2+1 제품이라며 휴대용 핫팩을 함께 주었다. 서영의 두 볼이 발그레 달아올랐다. 추위에 언 것인지, 열기로 더워서인지, 혹은 부끄러움 때문인지 분간하기 어려웠다.

서영은 언젠가부터 나를 언니라고 불렀다. 내 이름과 나이, 사는 곳과 하는 일을 몰라도 내가 자신보다 나이가 많아 보인다는 이유였다. 언니라니. 여자 형제가 없고 가깝게 지내는 동성의 지인이 없는 내겐 낯선 호칭이었다.

"아이디로 부르는 것보다는 낫네요."

긍정도 부정도 아닌 대답에 서영은 마른 볼이 패도록 웃었다. 긍정의 의미로 받아들였는지 계속 언니언니, 라고 불렀다. 연달아 두 번씩 언니언니, 하고 말이다.

우리는 게시판을 통하지 않고도 반찬을 주고받는 사이가 되었다. 나는 1+1 하는 우유, 열다섯 개 묶음으로 세일하는 요구르트, 반값으로 세일하는 생리대를 사서 절반을 서영에게 건넸다. 재미있는 유튜브 채널을 공유하고, 동네 맛집 리스트를 주고받으며, 오늘의 날씨와 옷차림에 대해 이야기했다.

* * * * *

"이모, 숙제 좀 도와주세요."

아이가 받아쓰기 공책과 프린트물을 가져왔다. 식탁 앞에 나란히 앉아 바지, 여우, 교가, 아버지, 선생님 같은 단어를 호명했다. 아이가 엄지와 검지에 힘을 주어 연필을 쥐었다. 목판에 새기는 것처럼 공책에 글자를 하나하나 적었다.

경찰의 전화를 받고도 당장 아이를 생각하지 못했다. 서영에게 전화를 걸고 문자메시지를 보내며, 지역 커뮤니티 게시판을 찾아보는 행동만 시계처럼 반복했다. 문득, 아이가 생각났다. 반찬을 건네는 서영 옆에서 그네를 타던, 올해 초등학생이 된 아이가. 경찰은 서류상 존재하는 서영의 남편과 유가족을 찾는 일에 집중하느라 실제로 존재하는 아이가 어떤 상황에 처해 있는지 놓치고 말았다. 서영과 같이 살던 미성년자를 챙기는 일은 자신의 업무 밖이라 여겼다.

무작정 서영의 집 근처 초등학교로 갔다. 하교하는 학생을 데리러 온 보호자가 많았다. 나는 서영의 아이와 비슷하게 생긴 아이가 지나가면 유심히 쳐다봤다. 낯선 이의 불편한 시선에 아이들이 움찔 놀랐다. 몇 명은 겁에 질린 얼굴로 보호자에게 뛰어갔다.

이모! 먼저 나를 알아본 건 아이였다. 커다란 책가방을 메고, 보조 가방을 든 아이가 반갑게 손을 흔들었다.

"칭찬 스티커 주세요."

받아쓰기 숙제를 마친 아이가 말했다. 서랍에서 알전구 모양의 스티커를 꺼내 왔다. 아이는 스티커가 어디 있는지 알면서 함부로 손대지 않았다. 졸음이 쏟아지는 얼굴로 해야 할 일을 혼자서 했다. 일을 다 끝내고 나서야 스티커를 요구했다. 아이가 말한 착한 일에는 이런 모습도 포함되는 걸까. 누구에게도 빚지지 않겠다는 자세, 빚지면 안 된다고 말하는 듯한 태도. 그것이 서영이 정의한 착한 일 같아서 마음이 서늘했다.

나는 분홍색 스티커를 건넸다. 아이가 작은방으로 뛰어가서 착한 어린이 생활표에 붙였다.

"이제 다섯 개 남았어요."

"백 개 다 붙이면 무슨 소원 빌 거야?"

아이가 의미심장하게 웃으며 '비밀!'이라고 말했다. 스티커가 세 개 남았을 때 말해주겠다고 천진하게 덧붙였다. 나는 아이의 소원이 무엇일지 예상하고 있었다. 소원이 짐작되지만 내가 이뤄줄 수 없다는 사실에 먼저 절망하고 있었다.

어릴 때부터 아이는 혼자 있는 시간이 많았다. 일하러 간 엄마를 기다리며 엄마가 틀어놓은 텔레비전 방송을 보고, 엄마가 차려놓고 간 음식을 먹었다. 기다림은 아이의 일상이었다. 그러니까 서영은 이런 시간이 도래할 걸 예견한 걸까, 그래서 아이에게 미리 준비시켰던 걸까. 말이 안 되는 가정, 서영의 미래에 존재하지 않던 현실. 추측만으로도 서영을 모욕한 것 같아서 나는 도리질을 세게 쳤다.

"언니, 현우는 아빠를 안 찾아요. 아빠 얼굴이 기억 안 나니까 보고 싶지도 않나봐요."

백목련이 가득 핀 봄밤이었다. 탐스러운 꽃송이들이 가지마다 주렁주렁 열렸다. 편의점 앞 간이 테이블에 나와 서영이 마주앉았다. 맥주 두 캔에 취한 서영이 평소에 하지 않던 이야기를 간증하듯 꺼냈다.

"저도 오빠 얼굴이 기억 안 나요."

서영과 남편은 교회에서 만났다. 남편은 고등부 교사였고, 서영은 홀로 교회에 간 열아홉 살 새 신자였다. 기도와 찬양이 어색한 서영이 교회와 공동체에 적응할 수 있도록 남편이 도왔다. 서영의 일과를 묻고, 학교생활과 가족 관계를 궁금해했다. 서영의 기분을 살피고 감정을 보살폈다. 이제껏 서영은 질문을 받는 사람이 아니었다. 부모조차 먹고사는 일에 집중하느라 딸아이의 하루와 학교생활을 묻지 않았다. 하물며 기분과 감정을 묻고 보살피는 삶이란 사치 중의 사치였다. 딸의 안녕은 키가 크고 여드름이 늘며, 학년이 바뀌는 것으로 확인했다. 그것을 성장의 지표이자 결과라 믿으며 안도했다. 서영이 학교생활을 얼마나 힘들어하는지, 동급생으로부터 어떤 고통을 받는지 알지 못했다. 그러한 서영에게 새신자반 교사였던 남편은 신앙이 되었다. 그를 따라가면 눈물과 울음과 고통이 없는 천국으로 갈 수 있을 거라 믿었다.

"그때는 그 순간들이 지속될 줄 알았어요. 순간과 순간이 모여서 영원이라는 거대한 덩어리가 만들어지는 줄 알았거든요."

서영이 세번째 맥주 캔을 땄다. 물처럼 들이켰다. 입술 사이로 침이 섞인 맥주 거품이 흘러내렸다. 서영은 거품이 턱을 지나 목덜미까지 흘러가도록 내버려두었다.

나는 말없이 이야기를 들었다. 우리의 관계가 반찬을 주고받고, 유튜브 채널을 공유하는 정도에만 머물기를 원했다. 가끔씩 서영이 선을 넘는 듯한 발언을 하고, 경계를 비트는 태도를 취할 때에는 딴청을 피웠다. 혹여 우리의 관계가 변형된다 하더라도 그것을 만드는 사람은 나일 거라고 막연히 여겼다. 서영은 내 판단을 유유히 배반하면서 새롭게 선을 긋고 공간을 넓혀왔다.

"스무 살이 되니 성인이라고…… 그래서 집을 나와 같이 살았어요. 결혼식은 비싸니까 나중에 하기로 했구요. 대신 혼인신고를 했어요. 결혼식보다 돈이 덜 들지만 더 강하고 힘이 있는. 이제 우리를 떨어트려놓을 수 있는 건 아무것도 없었어요. 나라에서도 가족으로 인정했잖아요…… 현우가 태어났어요. 정말 정말 기쁘고 행복했어요. 현우로 인해 천국이 한 개에서 두 개로 늘어났거든요."

서영에겐 천국인 세계가 남편에게는 지옥이 되었다. 집에 오지 않는 날들이 하루, 이틀 늘어났고, 집안의 물건이 망가지고 깨지는 일이 많아졌다. 어린 현우가 어린 서영에게 안겨 밤새도록 울었다. 어느 날부터 남편은 돌아오지 않았다. 어린 서영은 울지 않으려고 아랫입술을 깨물었다. 입술 껍질이 다 벗겨지도록 깨물었다.

"유치원 엄마들이 물었어요. 왜 현우랑 둘이 사냐고. 이혼했냐구요. 언니, 저 이혼 안 했어요. 서류상 현우는 엄마, 아빠랑 사는 걸로 되어 있고, 우리 식구는 세 사람이라고요…… 언니 언니, 오빠가 다시 돌아올까요?"

지끈지끈 머리가 아팠다. 더이상 서영의 말을 듣고 싶지 않았다. 비슷한 말을 윤이 내게 했었다. 우리의 시간이 미래에도 지속될 거라 굳건히 믿었다. 윤이 원했던 서류와 한 줄의 공적 언어. 그 한 줄을, 하나의 단어를 허락했다면 윤은 떠나지 않았을까. 나는 윤을 떠나지 못했을까. 우리에게 그 단어가 가능한 미래였을까, 잡을 수 있는 현재였을까. 서영의 말처럼 국가가 인정한 관계라 해도 누군가는 홀연히 떠나지 않았나. 윤과 서영이 원했던 단어는 결국, 어떤 것도 보장해주지 못했다.

"한때는 극단적인 생각을 했어요. 천국이 두 개에서 한 개로, 하나가 사라진 건데. 제 삶은 온통 지옥으로 변했어요. 매일매일 추락했어요. 저를 다시 살려준 게 현우예요. 언니언니, 그 애는 저한테 구원이에요."

서영이 남은 맥주를 입속에 털어넣었다. 발음이 꼬이며 눈빛이 흐리멍덩해졌다. 맥주가 바닥을 보이자 내가 마시고 있던 캔을 빼앗아 마셨다.

"현우가 어떤 애냐면요? 저를 매일매일 살려줘요. 어떻게 살리는지 알아요? 둘이 거실 탁자 위에서 종이 미니카 튕기기를 하거든요. 현우가 미니카를 진짜 잘 접어요. 조그만 손으로 얼마나 야무지게 색종이를 접는지…… 이렇게 이렇게 손가락 두 개로 미니카를 튕겨서 탁자 아래로 떨어트리면 죽는 거예요. 제가 죽잖아요? 그러면 떨어진 미니카를 냉큼 집어서 탁자 위에 올려둬요. '엄마, 목숨 하나 추가! 살려줄게!'라면서. 리셋해서 처음부터 시작하거나 자기가 이겼다고 좋아하는 게 아니라요. 목숨을 추가해서 게임을 이어가요. 그렇게 저랑 놀아요. 엄마를 살려주면서…… 언니언니, 그 애는 진짜 천사예요."

꽃대가 꺾인 목련 송이처럼 서영이 테이블 위로 엎어졌다. 완전히 취해서 몸을 가누지 못했다. 우는지 웃는지, 알아듣지 못할 말을 어지럽게 토했다. 서영의 얼굴이 술과 침과 맥주 거품과 눈물, 콧물로 범벅이었다. 때에 찌든 얼굴을 나는 묵묵히 보았다. 우리의 관계가 조금, 아주 조금 달라질 거라는 예감이 들었다. 어느 쪽으로 흘러가든 방향키를 쥔 건 나였다. 백목련들이 뚝뚝 떨어졌다. 주먹만한 꽃송이들이 서영의 얼굴과 어깨, 등 위에 내려앉았다. 서영은 희고 질긴 꽃잎을 면사포처럼 덮고 잠이 들었다.

아이가 잠이 들자 방을 나왔다. 식탁 위에 올려둔 노트북을 켰다. 마감일은 이미 지났다. 스토리가 나와야 대략적인 삽화 구성이라도 할 수 있다며 담당자가 사정을 했다. 학습용 어린이 전집은 새 학기 준비 기간인 여름방학과 겨울방학이 특성수기였고, 여름방학을 대비하려면 지금쯤 전체 윤곽이 나와야

했다. 나는 어쩔 수 없었다며 핑계와 변명으로 뒤섞인 말을 내뱉고, 얼굴이 보이지 않는 담당자에게 고개 숙여 사과했다. 이번주 안으로 넘기겠다는 약속을 했다. 진하게 커피를 타서 식탁 의자에 앉았다. 방문을 열어둔 탓인지 주방까지 아이의 고른 숨소리가 들렸다.

이 집에서 며칠을 보낸 걸까. 대책 없이 아이를 찾아간 나를 탓하기에는 많은 시간이 흘렀다. 아이와 함께하는 일상은 이전과는 다른 세계로 나를 데려다놓았다. 아이가 의식적으로 하는 행동과 무의식적으로 짓는 표정이 내겐 너무나 환하게 읽혔다. 개입하기는 싫고, 모르는 척하기도 어려운 상황에 입체적으로 노출되었다. 규정하기 어려운 감정이 나를 휩쓸었다.

더욱이 같은 공간과 시간을 공유하는 건 행동과 표정, 감정을 포착하는 일과는 또다른 일이었다. 아이는 또래에 비해 의젓했을 뿐 여전히 누군가의 도움이 필요한 미성년자였다. 가스레인지에 불을 켜서 음식을 해 먹고, 뒤집어 벗은 바지를 바로잡아 빨래를 하며, 받아쓰기와 그림일기 숙제를 확인하는 일에는 보호자의 손길이 필요했다. 성별과 나이, 살아온 환경이 전혀 다른 두 사람에겐 자잘한 부딪힘이 있었는데, 가장 힘든 건 화장실 사용법이었다.

아이가 변기 커버를 올리지 않고 소변을 봐서 변기 커버와 바닥 타일에 오줌이 튀었다. 말라붙은 오줌 때문에 지린내가 진동했다. 아이에게 말을 해도 그때뿐이었다. 나는 청소 솔로 변기와 바닥 타일을 박박 닦았다. 흰 거품에 노란 오줌이 씻겨 내려가는 것을 보고 있노라면 내가 여기서 무슨 짓을 하고 있지, 하는 자괴감에 빠졌다. 순간의 감정에 도취되어 돌이킬 수 없는 일을 저질렀다는 회의마저 들었다. 그러다 물때와 지린내가 말끔히 제거된 바닥 타일을 보면서 내가 오지 않았으면 아이는 어떻게 됐을까, 누가 찾아왔을까, 하고 되물었다.

그사이 몇 통의 전화가 왔다. 수사관은 서영의 남편과 끝내 연락이 되지 않았으며, 연락이 닿은 친부모에게선 인연을 끊었다는 말만 들었다고 했다. 타살 흔적이 없기에 더이상 경찰이 해야 할 일이 없다며 전화를 끊었다. 며칠 뒤 다른 공무원이 전화를 했다. 서영의 일이 행정복지센터로 이관되었고, 현재 고인과 유일하게 연결된 내게 연락을 했다고 말했다.

―시신을 안치실에 계속 둘 순 없습니다. 무연고 사망자 공고가 나갈 거예요.

"……아들이 있어요."

―아들은 아버지와 함께 있지 않을까요? 그리고 미성년자는 대리인이 있어야 시신을 인도받을 수 있습니다.

서류를 뒤적이는 소리 끝에 답변이 돌아왔다. 아이가 어떻게 생활하고 있는지 궁금해하지 않았다. 경찰과 마찬가지로 전화를 한 공무원의 담당 업무가 아니었을지 모른다.

"근데…… 아니에요."

나는 말을 시작하려다 서둘러 끝냈다. 공무원에게 아이 이야기를 해야 하는데 머뭇거려졌다. 알 수 없는 무언가가 나를 붙잡는 느낌이었다.

—혹시…… 아닙니다.

이번에는 공무원이 말을 시작하다가 끝을 냈다. 말줄임표 속에 생략된 내용이 궁금했지만 묻지 않았다. 단순한 호기심에서 비롯된 질문이 감당할 수 없는 결과로 돌아올 수 있었다.

미성년자, 대리인, 시신, 냉동고, 무연고 사망자, 봉안 장소

키보드에 떠오르는 단어를 쳤다. 커서를 미동 없이 응시했다. 다음 단어를 찾지 못해 모조리 지웠다. 화면이 창백해졌다.

아동복지시설, 아동 임시 보호시설, 양육 시설, 공동생활 그룹

인터넷 검색창에 몇몇 단어들을 썼다. 주홍글씨처럼 연관 검색어가 따라붙었다. 관련 홈페이지에 접속해 자격 조건과 시설 상황을 살폈다. 감정을 제거한 정보문을 읽었다. 아이에게 해당하는 내용은 꼼꼼히 봤다. 검색창으로 돌아가 정렬된 뉴스 기사를 살폈다. 격양된 감정으로 작성한 기사와 검열 없이 쓴 댓글을 읽었다. 아이에게 부합하는 내용과 서영의 상황과 나의 처지를 하나하나 겹쳐봤다. 각각의 글에서 느껴지는 온도와 감정의 차이를 톺아봤다. 내가 읽고 싶은 글은 무엇인

지, 따라 하고 싶은 방법은 무엇인지 자문했다.

온라인 지역 커뮤니티에 접속해 서영이 쓴 글을 찾아 읽었다. 조사 하나, 이모티콘 한 개까지 전부 외워버린 글을 읽고 사진을 보았다. 댓글이 없는 글에 댓글을 썼다. 띠리링. 댓글이 달릴 때마다 서영에게 알람이 갈 거였다. 언니언니, 하며 서영이 연락해주길 바랐다. 서영이 쓴 모든 글에, 서영이 읽을 수 없는 댓글을 달고 커뮤니티를 탈퇴했다. 노트북 전원을 껐다. 화면이 흙빛으로 변했다. 텅 빈 눈, 깊게 팬 팔자주름, 고집스럽게 입술을 다문 여자가 검은 모니터에 어른거렸다.

독주를 들이켠 것처럼 속이 따가웠다. 현기증이 나서 나는 식탁 위에 엎드렸다.

"엄마엄마."

아이가 잠꼬대를 했다. 허공을 향해 팔을 버둥버둥 저었다. 누군가에게 인사를 하는 것처럼, 안기고 싶은 것처럼 움직였다. 계속해서 엄마를 부르며 손을 흔들었다. 나는 자리에서 일어났다. 아이를 향해 두세 걸음 옮기다 멈춰 섰다. 발바닥에 쇳덩이가 달라붙은 듯 한 발자국도 움직일 수 없었다. 엄마엄마. 아이가 또 엄마를 불렀다. 잠꼬대가 끝날 때까지 나는 그 자리에 서 있었다.

* * * * *

드디어 스티커 백 개를 다 붙였다. 아침부터 아이가 신이 났다. 얼굴을 찡그리며 우스꽝스러운 표정을 짓고 팔과 다리를 흔들며 막춤을 쳤다. 아흔일곱번째 스티커를 붙이던 날, 아이가 소원을 말했다. 이모, 워터파크 가고 싶어요. 나는 예상하지 못한 소원에 당황했으나 추측조차 못 한 내용에 안도했다. 나의 취향이나 생활 태도와 관계없이 들어줄 수 있는 선물이라는 데 마음을 놓았다.

매표소에서 대인 한 장, 소인 한 장 표를 샀다.

"수영복으로 갈아입고 워터파크 입구에서 만나자."

"……안 해봤어요."

호기롭게 아이와 워터파크에 왔는데 입구부터 난관이었다. 아빠와 공중목욕탕조차 가본 적 없는 여덟 살 아이가 전자 키를 들고 혼자서 신발장, 수영장 탈의실, 샤워실을 거쳐 메인 워터파크장까지 가기는 역부족이었다. 성별이 다른 보호자를 따라 탈의실에 입장할 수 있는 만 4세 이하가 아니고, 스스로 수영복을 갈아입고 샤워까지 할 수 있는 초등학교 고학년도 아니었다. 이럴 수도 저럴 수도 없는 상황이 답답했다. 매표소 직원은 사정은 알지만 지침상 도와줄 수 있는 방법이 없다고 했다. 아이의 표정이 어두워졌다. 입을 꾹 다문 채 운동화 앞코로 딱딱한 시멘트 바닥만 툭툭 찼다.

임시보호자 **229**

"저희가 데려갈게요."

뒷줄에 패밀리룩을 입은 부부와 아들딸이 서 있었다. 내가 선뜻 대답을 못 하자 아이가 뒷줄로 재빨리 자리를 옮겼다. 아이는 아빠와 아들을 따라 남자 탈의실로 들어갔다.

"이모이모! 저 좀 보세요."

아이가 피카츄 튜브를 몸에 끼고 발차기를 했다. 가는 팔과 다리로 신나게 물장구를 쳤다. 수영장이 처음이라는데 물을 무서워하지 않았다. 워터파크 안은 한산했다. 개장을 했지만 성수기까지는 많이 남아 있었다. 몇몇 물놀이 기구는 운행하지 않았다. 아이는 그 안에서 긴 슬라이드를 타고, 파도타기 풀을 오갔다. 여기 진짜 재밌어요! 눈과 코, 입 안으로 수영장 물이 사정없이 들어가도 즐거워했다. 까만 얼굴이 더 까맣게 되도록 까르르 소리 내어 웃었다.

"이모이모. 우리 저거 타요!"

아이가 도넛 모양의 물썰매를 가리키며 뛰어왔다. 나는 수영장 한쪽에 도열된 선베드에 앉아 있었다. 바닥 곳곳에 물이 고여 있었다. 미끄럼 방지 매트를 깔고, 진행 요원이 수시로 물을 닦아도 여전히 미끄러웠다. 워터파크 곳곳에는 주의 사항과 경고 문구가 적힌 안내판이 붙어 있었다. 조심해! 귀를 찌르는 음악소리에 내 말이 묻혔다. 목소리를 높여도 어항 속 금붕어처럼 입만 뻐끔하는 것 같았다. 아이가 맨발로 타일 바닥을 힘차게 뛰었다. 조심, 이라고 한 번 더 말하는 순간, 지나가던 성인 남자와 아이가 부딪쳤다. 작고 가벼운 몸이 휘청하고 흔들렸다. 무게중심을 잃은 아이가 수영장 물속으로 빠져버렸다. 물보라를 일으키며 아이가 떨어졌다.

"현우야!"

자리에서 벌떡 일어났다. 아이를 향해 뛰었다. 바닥이 미끄러워 몇 번이나 넘어질 뻔했다. 발가락에 힘을 주고 뛰었다. 멀리서 아이를 본 안전 요원이 호각을 불며 달려왔다. 나보다 먼저 달려가서 물속으로 뛰어들었다. 수면 아래로 가라앉았다 올라오기를 반복하는 아이를 건져올렸다. 빨간 구명조끼를 입은 안전 요원이 아이와 함께 물 밖으로 나왔다.

"이모이모."

아이가 내게 안겼다. 바들바들 떨며 나를 끌어안았다. 아이의 몸에서 고드름 같은 물방울들이 떨어졌다. 나를 부를 때마다 입에서 냉기가 나왔다. 나는 아이를 안았다. 바들바들 떨며 아이를 끌어안았다.

"이모이모."

아이가 나를 부르며 울기 시작했다. 세상에 첫발을 내디딘 아기처럼, 코와 입으로 첫 자가 호흡을 한 신생아처럼 고통스럽게 울었다. 퍼렇게 질린 얼굴로 웅얼웅얼 무엇이라 정확히 알 수 없는 단어를 내뱉으면서. 아이의 떨림이, 울림이, 울음이 거대한 파도가 되어 내게 와 닿았다. 나는 진동들을 온몸으로 받아냈다. 파동들을 흡수했다.

집으로 가는 길, 지역 행정복지센터에서 전화가 왔다.

―저희도 끝내 유가족과 연락이 되지 않았습니다. 무연고 사망자 공고가 나갈 건데, 그 전에 최하진 씨께 다시 연락을 드렸어요. 혹시 고인을 지인 신분으로 인계하실 생각 있으신가요?

말줄임표 속에 생략했던 내용을 공개했다. 나는 호기심보다 침묵을 선택했는데, 듣고 싶지 않았는데. 나의 의사와 무관하게 공무원은 자신의 역할을 매뉴얼대로 할 뿐이었다. 고인의 마지막을 지인이 정리해주면 좋지 않겠냐고 했다.

옆에 있던 현우가 고개를 들어 나를 처다봤다. 통화 내용이 궁금한 듯 눈을 동그랗게 떴다. 검은 눈동자 속에 내 모습이 비쳤다. 서영의 얼굴이 겹쳐졌다. 서영이라면 어떻게 했을까, 서영이 마지막까지 원하는 일은 무엇이었을까. 짙고 맑은, 아이의 찬란한 눈을 보며 스스로에게 물었다.

"죄송합니다. 포기하겠습니다."

입술이 파르르 떨렸다. 턱이 덜컥이며 발음이 샜다. 빠르게 뻗어가는 감정과 질문들, 스스로에 대한 의심과 부정, 회의. 아스라이 사라지는 서영의 뒷모습. 나는 모든 것을 떨쳐버리려 아랫입술을 깨물었다. 피가 맺힐 정도로 세게 깨물었다. 터져 나올 것 같은 울음을 꾹꾹 삼켰다. 곁에 있던 현우가 내 손을 잡았다. 작은 손을 내 손바닥 위로 올리고, 나머지 손으론 기도 하듯 손등을 감쌌다. 천천히 어루만졌다. 아이의 손이 따뜻했다. 그러니까 잠시만 함께하는 거야. 잠시만.

나는 스마트폰을 호주머니 깊숙이 집어넣었다. 물에 젖은 래시가드와 수건, 물놀이 튜브가 든 무거운 가방을 메고 현우의 손을 잡았다. 인도가 없는 도로를 따라 집까지 걸었다. 주행 속도를 어긴 차들이 달려오면 아이의 어깨를 감싸고 외벽에 몸을 붙였다. 몇몇 운전자가 창문을 내리고 욕을 했다. 고개를 돌려 먼 곳을 바라봤다. 복도식 아파트 입구에 들어섰다. 앞에 가던 현우가 현관문 비밀번호를 조심스레 눌렀다. 몇 초 후 도어록 열리는 소리가 나자 두 손으로 힘껏 현관문을 열었다. 나와 현우가 어둡고 적막한 집으로 들어갔다. ■

작가의 말

 그동안 쓴 소설들을 읽다보면 어느 한 시기가 정리되는 느낌이다. 소설을 쓸 당시의 상황과 환경, 감정과 마음이 떠오른다. 내 곁에 있는 사람과 나를 떠난 사람까지도. 생활에 지쳐서 잊고 있던 것들이 희미하게 피어오른다. 그 마음이 힘겹고 버거워서 대면하기를 주저하다가도 이제는 과거형이 된 일이라는 것을 알기에 조금씩 마주한다. 그렇게 의심과 인정, 회피와 납득의 과정을 통과해서 한 시절을 마무리한다.
 그럼에도 정리되지 못한 말들이 내 안에 쌓여 있는 것을 소설집 작업을 하면서 알게 되었다. 한 편의 소설로 끝날 줄 알았던 이야기가 자연스럽게 다음 소설로 이어졌다. 예상치 못한 상황에서 인물이 살아나 내게 말을 걸었다. 그들의 삶을 듣고 되받아 쓰면서, 나 역시 그들에게 하고 싶은 말이 많았다는 것을 깨달았다. 그리고 우리의 대화가 아직 끝나지 않았다는 사실도.

어느덧, 세번째 소설집이다.

어느덧이란 부사어를 쓸 수 있게 해주신 많은 분들에게 감사드린다. 글은 혼자 써도 책은 홀로 만드는 게 아니라는 것을 이번에도 알았다. 소설을 읽고 정성껏 묶어주신 교유서가와 눈 밝은 정소리 편집자님 덕분에 소설집이 나올 수 있었다. 부족한 글을 읽고 흔쾌히 추천사를 써주신 김미월 작가님과 손홍규 작가님께도 감사 인사를 드린다. 이 책에 실린 소설을 쓰는 지난한 시간 동안 나를 응원하고 지탱해준 훈과 준에게 사랑의 말을 전한다.

우리의 대화가 끊기는 그 날까지 계속해서 소설을 쓰겠다.

2025년 9월
어디엔가 있을 스페이스 월드 앞에서
오선영

| 수록 작품 발표 지면 |

어니언마켓 …… 『문밖에 누군가가』(네시오십분, 2022)
카페인 랩소디 …… 〈작가와 사회〉 2022년 여름호
발령의 조건 …… 〈자음과모음〉 2022년 가을호
안평 …… 〈창작과비평〉 2023년 겨울호
스페이스 월드 …… 〈오늘의 좋은 소설〉 2024년 가을호
아직 오지 않은 말 …… 〈문학인〉 2022년 가을호
유치보관함 …… 〈쨉 NEVER STOP—지속〉(9호, 전망, 2024)
임시보호자 …… 〈문장웹진〉 2023년 8월

오선영
2013년 〈부산일보〉 신춘문예에 당선되어 작품활동을 시작했다. 소설집 『모두의 내력』『호텔 해운대』, 산문집 『나의 다정하고 씩씩한 책장』 등이 있다. 제9회 평사리문학상 대상, 제10회 요산김정한창작지원금, 제22회 부산작가상을 수상했다.

스페이스 월드

초판인쇄 2025년 10월 3일
초판발행 2025년 10월 13일

지은이 오선영

편집 정소리 | 디자인 윤종윤 이주영 | 모니터 이원주
마케팅 김다정 박재원 | 저작권 박지영 형소진 주은수 오서영 조경은
브랜딩 함유지 박민재 이송이 박다솔 조다현 김하연 이준희 복다은
제작 강신은 김동욱 이순호 | 제작처 상지사

펴낸곳 (주)교유당 | 펴낸이 신정민
출판등록 2019년 5월 24일 제406-2019-000052호

주소 10881 경기도 파주시 회동길 210
문의전화 031.955.8891(마케팅) | 031.955.2692(편집) | 031.955.8855(팩스)
전자우편 gyoyudang@munhak.com

홈페이지 www.gyoyudang.com
인스타그램 @gyoyu_books | 트위터 @gyoyu_books | 페이스북 @gyoyubooks

ISBN 979-11-94523-90-1 03810

· 교유서가는 (주)교유당의 인문 브랜드입니다.
  이 책의 판권은 지은이와 (주)교유당에 있습니다.
  이 책 내용의 전부 또는 일부를 재사용하려면 반드시 양측의 서면 동의를 받아야 합니다.

* 본 사업은 2025년 부산광역시, 부산문화재단 〈부산문화예술지원사업〉으로 지원을 받았습니다.